KNUT KRÜGER

Die musst du kennen

Die besten Fußballspiele(r) aller Zeiten

KNUT KRÜGER

Die musst du kennen

Die besten Fußballspiele(r) aller Zeiten

cbj

Inhaltsverzeichnis

Torhüter

Verteidiger

Mittelfeldspieler

Stürmer

Nationalteams

Vereinsmannschaften

Länderspiele

Europapokal

Petr Čech

Fabien Barthez

Peter Schmeichel

Torhüter

... sind anders

Iker Casillas

Torhüter sind anders, heißt es. Schon der österreichische Kulttrainer *Ernst Happel* stellte einst fest: »Wennst samt Großhirn und Kleinhirn zwischen den Stangerln herumfliegst, hast an Schadn.« Und *Franz Beckenbauer* meinte, es sei »noch selten ein vernünftiger Satz aus dem Mund eines Torhüters gekommen«.

Der Arbeitsplatz eines Torwarts ist exakt 2,44 Meter hoch und 7,32 Meter lang. Und wer sich selbst schon mal in ein Fußballtor gestellt hat, der weiß, wie viel Platz dort zwischen den Pfosten ist. Hinzu kommt der Strafraum, der vom Torwart selbstverständlich »beherrscht« werden muss, denn mangelnde Strafraumbeherrschung – das weiß jedes Kind – ist der Anfang vom Ende jeder hoffnungsvollen Torhüterkarriere.

Die Möglichkeiten, Fehler zu machen, sind für einen Keeper schier unbegrenzt. Er kann den Ball durch die Finger flutschen oder durch die Beine kullern lassen, zu früh, zu spät oder gar nicht aus seinem Kasten herauslaufen. Ein Torwart muss sich oft in Sekundenbruchteilen für die richtige Aktion entscheiden, und macht er nur einen einzigen Fehler, ist möglicherweise der Sieg im Eimer, der Pokal futsch oder der Abstieg besiegelt. Wie dämlich sich seine Mitspieler angestellt haben, interessiert hinterher niemanden mehr. Torhüter sind arme Teufel. Einerseits. Andererseits haben sie das Potenzial zum Helden, wenn sie sich furchtlos ins Getümmel stürzen, den entscheidenden Elfmeter halten oder einen »Unhaltbaren« von der Linie kratzen.

Die spektakulärste Parade aller Zeiten gelang zweifellos dem kolumbianischen Keeper ***René Higuita***, der bei einem Freundschaftsspiel gegen England unter dem heranfliegenden Ball hindurchsprang, um ihn mit beiden Hacken von der Torlinie zu schlagen. Dem Briten ***Gordon Banks***, der zum zweitbesten Torwart des 20. Jahrhunderts gewählt wurde, glückte bei der WM 1970 eine Rettungstat gegen *Pelé*, die von diesem später als die beste Torhüterparade bezeichnet wurde, die er je gesehen habe.

Dass Torhüter gefährlich leben, mussten insbesondere der tschechische Weltklassekeeper ***Petr Čech*** und der deutsche Torwart ***Bernd Trautmann*** erfahren. *Čech* zog sich bei einen Ligaspiel einen Schädelbasisbruch zu und spielt seitdem mit einem eigens für ihn angefertigten Kunststoffhelm. Und *Trautmann* erlitt im englischen Pokalfinale 1956 gar einen Genickbruch, den er wie durch ein Wunder überlebte.

Da Torhüter in der Regel ein paar Jahre länger auf Höchstniveau spielen können als ihre Mannschaftskameraden, wurden viele zu Rekordnationalspielern ihres Landes. Zu diesen gehören der Däne ***Peter Schmeichel***, der Schwede ***Thomas Ravelli***, der Spanier ***Andoni Zubizarreta***, der Engländer ***Peter Shilton*** sowie der Niederländer ***Edwin van der Sar***. Und der Welttorhüter des Jahres 2008, ***Iker Casillas***, hat seit dem Jahr 2000 bereits rund hundert Länderspiele für Spanien absolviert und ist auf dem besten Weg, in dieser Hinsicht alle Rekorde zu brechen.

Sowohl Welt- als auch Europameister wurden der Italiener ***Dino Zoff***, der Franzose ***Fabien Barthez*** sowie der Deutsche ***Sepp Maier***.

Sie alle sind den Fußballfans auf der ganzen Welt im Gedächtnis geblieben, haben die Menschen mit ihrem Können und ihrer Ausstrahlung begeistert. Kauzige Einzelgänger finden sich ebenso darunter wie exzentrische Selbstdarsteller, doch fraglos waren sie alle große Persönlichkeiten dieser seltsamen Spezies der Torhüter. Fünf von ihnen wollen wir näher unter die Lupe nehmen.

Edwin van der Sar

»Wennst samt Großhirn und Kleinhirn zwischen den Stangerln herumfliegst, hast an Schadn.«

Thomas Ravelli

Gordon Banks

Dino Zoff

Andoni Zubizarreta

Lew Jaschin

Vollständiger Name: Lew Iwanowitsch Jaschin
Geburtstag: 22. Oktober 1929
Todestag: 20. März 1990
Nation: Sowjetunion
Verein:
FK Dynamo Moskau: 1949–1971
Erfolge:
Welttorhüter des 20. Jahrhunderts
Olympische Goldmedaille mit der Sowjetunion in Melbourne: 1956
Europameister mit der Sowjetunion: 1960
Europas Fußballer des Jahres: 1963
WM-Teilnehmer: 1958, 1962, 1966, 1970
Sowjetischer Meister: 1954, 1955, 1957, 1959, 1963
Sowjetischer Pokalsieger: 1953, 1967, 1970
Leninorden der Sowjetunion: 1969
Ihm zu Ehren wird seit 1994 der beste Torhüter einer WM mit der Lew-Jaschin-Trophäe ausgezeichnet.

Fast wäre Lew Jaschin ein berühmter Eishockeytorwart geworden. Immerhin wurde er in dieser Sportart sowjetischer Vizemeister. Doch auch beim Boxen, Fechten und Tennis, im Wasser- und Basketball erwies er sich als sportliches Allroundtalent. Darüber hinaus war er ein leidenschaftlicher und ausgezeichneter Schachspieler. Er kickte sein Leben lang für denselben Klub (Dynamo Moskau von 1949–1971) und wurde 1963 als bislang einziger Torhüter überhaupt zum besten Fußballer Europas gekürt. Sein Markenzeichen waren die Schiebermütze sowie sein schwarzer Torwartdress, der ihm die Spitzamen »Schwarze Spinne« und »Schwarze Krake« einbrachte. Jaschin war ein in jeder Hinsicht unübertroffener Torhüter, der nicht nur über phänomenale Reflexe, sondern auch über eine katzengleiche Eleganz und robuste Athletik verfügte. Er war Spezialist im Halten sogenannter unhaltbarer Bälle, parierte in seiner Laufbahn rund 150 Elfmeter und kassierte in 78 Länderspielen zwischen 1950 und 1969 nur 70 Gegentore. Zudem kreierte er als erster »spielender Torwart« seiner Zeit einen völlig neuen Stil, agierte teils wie ein Verteidiger und wagte sich zum Erstaunen der damaligen Zuschauer weit aus seinem Kasten heraus.

Der beste Torhüter aller Zeiten und Völker.

Eusébio

Zum unbestritten besten Torhüter der Welt avancierte Jaschin aber mit einer einzigen Partie: dem EM-Finale 1960 gegen Jugoslawien, das als eines der berühmtesten Torwartspiele aller Zeiten gilt. Mit größter Leichtigkeit macht er Chancen im Minutentakt zunichte, pflückt beiläufig alle Flanken herunter, kratzt jeden noch so harten Schuss von der Linie oder dreht ihn lässig um den Pfosten. Die Zuschauer haben den Eindruck, als schwebe er förmlich durch den Strafraum, elegant, schwerelos und unbezwingbar. Ein französischer Journalist notiert noch während des Spiels: »Dieser Torwart hätte vermutlich jeden Sturm der Welt zur Verzweiflung gebracht.«
Von dem Privatmann Jaschin ist wenig bekannt. »Lew war in seiner Art absolut einzigartig, einfach perfekt als Torwart und dazu ein wunderbarer Mensch«, sagt Franz Beckenbauer.
In seinen letzten Jahren war er schwer krank und musste zwei Beinamputationen über sich ergehen lassen, ehe der größte Torwart aller Zeiten 1990 einem langen Krebsleiden erlag.

Sepp Maier

Vollständiger Name: Josef Dieter Maier
Geburtstag: 28. Februar 1944
Größe: 183 cm
Homepage: www.seppmaier.de
Nation: Deutschland
Verein:
FC Bayern München: 1962–1979
Erfolge:
Deutschlands Torwart des Jahrhunderts
Welttorhüter des Jahrhunderts: Platz 4
Europameister: 1972
Weltmeister: 1974
Europapokalsieger der Pokalsieger: 1976
Europapokalsieger der Landesmeister: 1974, 1975, 1976
Weltpokalsieger: 1976
Deutscher Meister: 1969, 1972, 1973, 1974
DFB-Pokalsieger: 1967

Ein Torhüter muss Ruhe ausstrahlen. Er muss aber aufpassen, dass er dabei nicht einschläft.

Was hat er nicht alles getan, um die Zuschauer zu unterhalten! Er zwinkerte während der Nationalhymne verschmitzt in die Kamera, hechtete einer Ente hinterher, die sich aufs Spielfeld verirrt hatte, baute vor Langeweile Sandburgen im Strafraum und balancierte im Handstand über die Torlinie. Und niemand wäre auf die Idee gekommen, er wolle von schlechten Leistungen ablenken. Sepp Maier war einer der herausragenden Torhüter des 20. Jahrhunderts.
1965 stieg er mit dem FC Bayern München in die 1. Bundesliga auf und feierte in den folgenden Jahren seine ersten nationalen und internationalen Erfolge. Gemeinsam mit Franz Beckenbauer und Gerd Müller bildete Maier bald die tragende Achse eines der besten Vereinsteams der Welt, das von 1972 bis 1974 drei Mal deutscher Meister wurde und von 1974 bis 1976 ebenso oft den Europapokal der Landesmeister gewann.
1966 wurde er zum ersten Mal in die Nationalmannschaft berufen und nahm im selben Jahr als Stellvertreter von Hans Tilkowski an der WM in England teil, kam jedoch nicht zum Einsatz. Maßgeblichen Anteil hatte die »Katze von Anzing«, wie er sich nannte, am Gewinn der Europameisterschaft 1972 und der gewonnenen Weltmeisterschaft 1974 in Deutschland, in deren Verlauf er sich zum wohl besten Torhüter der Welt entwickelte. Nachdem die Weltmeisterschaft 1978 in Argentinien enttäuschend verlaufen war, peilte Maier seine fünfte WM-Teilnahme an, ehe er durch einen schweren Autounfall am 14. Juli 1979 zum Beenden seiner Karriere gezwungen wurde – »mit 35 Jahren, im besten Torwartalter«, wie er sich beklagte. Immerhin konnte Sepp Maier zu diesem Zeitpunkt auf die stolze Bilanz von 95 Länderspielen und 473 Bundesligapartien zurückblicken, von denen er 422 am Stück absolvierte.
In den 80er-Jahren wurde er Torwarttrainer beim FC Bayern und der Nationalmannschaft, formte Oliver Kahn zum Weltklasse-Tormann und feierte als Mitglied des Trainerstabs den Gewinn der Weltmeisterschaft 1990 in Italien.
Nachdem er im Torhüterstreit von 2006 offen für Oliver Kahn Partei ergriffen hatte, wurde er von Bundestrainer Klinsmann aus seinem Amt entlassen. Als Klinsmann zwei Jahre später den FC Bayern übernahm, waren auch hier Maiers Tage als Torwarttrainer gezählt.

Oliver Kahn

Als Oliver Kahn noch für den Karlsruher SC spielte, war er einmal zu einer Benefizveranstaltung eingeladen. Kinder durften aus kurzer Distanz auf sein Tor schießen. Für jeden Treffer hätte es 500 D-Mark für einen wohltätigen Zweck gegeben. Doch Kahn hielt jeden Ball. Welche Geschichte könnte den schier grenzenlosen Ehrgeiz eines jungen Torhüters besser verdeutlichen? Oliver Kahn mag nicht talentierter gewesen sein als viele seiner Konkurrenten, doch seine Besessenheit, sein unbedingter Erfolgswille und seine Fähigkeit zur Selbstmotivation machten ihn zu einem der größten Torhüter der Fußballgeschichte.

Niemals aufgeben! Immer weitermachen! Immer weiter!

Da war es nur selbstverständlich, dass er sich im Alter von 25 Jahren dem einzigen Klub in Deutschland anschloss, der seinen hochfliegenden Ambitionen genügte: dem FC Bayern. Mit dem deutschen Rekordmeister gewann er in den nächsten 14 Jahren alles, was es zu gewinnen gab, feierte acht deutsche Meisterschaften und sechs DFB-Pokalsiege, gewann sechs Mal den deutschen Ligapokal, je ein Mal den UEFA-Cup, die Champions League und den Weltpokal. Unvergessen sind seine drei gehaltenen Elfmeter im Champions-League-Finale 2001 gegen den FC Valencia. Als sich der FC Bayern vier Tage zuvor in sprichwörtlich letzter Sekunde die schon verloren geglaubte deutsche Meisterschaft in Hamburg sichert, fällt Kahn seinem Trainer Otmar Hitzfeld um den Hals und brüllt ihm sein Credo ins Ohr: »Niemals aufgeben! Immer weitermachen! Immer weiter! Immer weiter!«
Berühmt sind aber auch seine Ausraster auf dem Spielfeld: Dem Dortmunder Heiko Herrlich versuchte er 1999 ins Ohr zu beißen und sprang dessen Teamkollegen Stéphane Chapuisat wie ein Kung-Fu-Kämpfer mit gestrecktem Bein entgegen. Dem verdutzten Miroslav Klose steckte

Vollständiger Name: Oliver Rolf Kahn
Geburtstag: 15. Juni 1969
Größe: 188 cm
Homepage: www.oliver-kahn.de
Nation: Deutschland
Vereine:
Karlsruher SC: 1987–1994
FC Bayern München: 1994–2006
Erfolge:
Bester Spieler und Torhüter der WM 2002
Welttorhüter des Jahres: 1999, 2001, 2002
Europas Torhüter des Jahres: 1999, 2000, 2001, 2002
Deutschlands Torhüter des Jahres: 1994, 1997, 1999, 2000, 2001, 2002
Deutschlands Fußballer des Jahres: 2000, 2001
Vizeweltmeister: 2002
Europameister: 1996
Champions-League-Sieger: 2001
Weltpokalsieger: 2001
UEFA-Cup-Sieger: 1996
Deutscher Meister: 1997, 1999, 2000, 2001, 2003, 2005, 2006, 2008
DFB-Pokalsieger: 1998, 2000, 2003, 2005, 2006, 2008

er zwei Finger in die Nase, und seinen Leverkusener Gegenspieler Thomas Brdarič packte er wie ein Karnickel im Genick. Kahn polarisierte in diesen Jahren wie kein Zweiter. Er wurde von seinen Anhängern als »King Kahn« und »Titan« vergöttert, während ihn die gegnerischen Fans mit Bananen bewarfen. Im Ligaspiel der Bayern beim FC Freiburg im Jahr 2000 wurde er gar von einem Golfball am Kopf getroffen und zog sich eine klaffende Platzwunde an der Schläfe zu. Doch erst mit seinen überragenden Leistungen bei der WM 2002 in Japan/Südkorea stand die ganze Fußballnation hinter ihm. Bis zum Finale kassierte er in sechs Spielen nur einen einzigen Treffer und wurde zum besten Spieler des Turniers gewählt, was vor ihm noch keinem Torhüter bei einer Weltmeisterschaft gelungen war.

Im Vorfeld der WM 2006 in Deutschland schürte Nationaltrainer Jürgen Klinsmann den offenen Konkurrenzkampf zwischen Oliver Kahn und Jens Lehmann um den Stammplatz im deutschen Tor. Eine beispiellose Medienhysterie begann und fand erst drei Monate vor Turnierbeginn ein Ende, als Jens Lehmann zur neuen Nummer 1 erklärt wurde. Doch Kahns Kampfgeist war ungebrochen. Er stellte sich als Ersatztorhüter zur Verfügung und erwarb sich bleibende Anerkennung und Sympathie, als er seinem Rivalen Jens Lehmann vor dem Viertelfinal-Elfmeterschießen gegen Argentinien moralischen Beistand leistete und ihm demonstrativ Glück wünschte.
Seit dem Ende seiner Torwartkarriere arbeitet Kahn als Fußballexperte an der Seite von Johannes B. Kerner für das ZDF und fahndet in einer Unterhaltungsshow des chinesischen Staatsfernsehens nach chinesischen Nachwuchs-Keepern.

José Luis Chilavert

Vollständiger Name:
José Luis Félix Chilavert González
Geburtstag: 27. Juli 1965
Größe: 188 cm
Nation: Paraguay
Vereine:
Sportivo Luqueño: 1981–1982
Guaraní Asunción: 1982–1984
CA San Lorenzo de Almagro: 1984–1988
Real Saragossa: 1988–1991
Vélez Sársfield: 1991–2000
Racing Strasbourg: 2000–2001
CA Peñarol Montevideo: 2001–2004
Vélez Sársfield: 2004–2005
Erfolge:
Welttorhüter: 1995, 1997, 1998
Paraguayischer Meister: 1984
Argentinischer Meister: 1993, 1995, 1996, 1998
Uruguayischer Meister: 2003
Argentiniens Fußballer des Jahres: 1996
Französischer Pokalsieger: 2001
Copa-Libertadores-Sieger: 1994
Weltpokal-Sieger: 1994

Nun sind wir nicht mehr die Deppen des Spiels, wir Torhüter können es selbst entscheiden.

Seine Karriere beendete der exzentrische Torwart José Luis Chilavert 2004 standesgemäß mit seinem 63. Torerfolg und wird nicht nur als einer der eigenwilligsten, sondern auch als einer der treffsichersten Keeper der Fußballgeschichte in Erinnerung bleiben. Für die paraguayische Nationalmannschaft, für die er von 1989 bis 2003 insgesamt 74 Mal zwischen den Pfosten stand, erzielte er acht Treffer. Und wer jetzt glaubt, es habe sich ausschließlich um Elfmeter gehandelt, der irrt gewaltig. Auch Chilaverts angeschnittene Freistöße waren gefürchtet und brachten ihm den Spitznamen »El Arquero« (»der Bogenschütze«) ein. In Spanien schickte er sicherheitshalber einen Feldspieler ins Tor, bevor er »seinen« Strafstoß versenkte. Doch während er sich noch ausgiebig feiern ließ, schlug es dann auch schon in seinem eigenen Kasten ein. Der Ersatzkeeper hatte seinen Teilzeitjob zu früh abgebrochen und war zum Gratulieren aus dem Tor geeilt.
Als Chilavert bei einem argentinischen Ligaspiel bemerkte, dass der gegnerische Keeper zu weit vor seinem Gehäuse stand, stürmte er aus seinem Kasten und zog aus der eigenen Hälfte ab. Der Ball stieg hoch in den Himmel, fiel plötzlich steil ab und zappelte im gegnerischen Netz. Von einem Journalisten auf die seltsame Flugkurve angesprochen, mutmaßte Chilavert, der Ball sei wohl »mit einem Engel zusammengestoßen«. Neben seinen theatralischen Mätzchen und exzentrischen Einlagen sind es vor allem solche Episoden, die Chilavert zur Torhüterlegende und zum paraguayischen Volkshelden gemacht haben. Doch natürlich war er auch ein Torverhinderer der Extraklasse. Drei Mal wurde er zum Welttorhüter des Jahres gekürt, nur ein Mal weniger als Rekordhalter Buffon. Und beim WM-Achtelfinalspiel 1998 brachte er die Franzosen mit seinen Paraden quasi im Alleingang an den Rand der Verzweiflung, ehe Laurent Blanc in der Verlängerung die Niederlage der hoffnungslos unterlegenen Paraguayer besiegelte.
Seit er die Torwarthandschuhe an den Nagel gehängt hat, spricht er hin und wieder davon, paraguayischer Nationaltrainer oder gleich Staatspräsident werden zu wollen. Bei José Luis Chilavert sollte man nichts ausschließen.

Gianluigi Buffon

Vollständiger Name: Gianluigi Buffon
Geburtstag: 28. Januar 1978
Größe: 191 cm
Homepage: www.gianluigibuffon.com
Nation: Italien
Bisherige Vereine:
AC Parma: 1995–2001
Juventus Turin: seit 2001
Bisherige Erfolge:
U-21-Europameister: 1996
Weltmeister und bester Torhüter der WM 2006
Welttorhüter: 2003, 2004, 2006, 2007
EM-Teilnehmer: 2004, 2008
WM-Teilnehmer: 2002, 2006
Serie A Torhüter des Jahres: 1999, 2001, 2002, 2003, 2004, 2006, 2008
Italienischer Meister: 2002, 2003
Italienischer Pokalsieger: 1999
Italienischer Supercupsieger: 1999, 2002, 2003
UEFA-Cup-Sieger: 1999

Gianluigi Buffon stammt aus einer sportlichen Familie. Seine Mutter war italienische Meisterin im Diskuswerfen, der Vater Kugelstoßer, seine beiden Schwestern wurden Profi-Volleyballerinnen, und sein Großonkel Lorenzo Buffon hütete bereits vor 50 Jahren das Tor der italienischen Nationalmannschaft.
Die ersten sechs Jahre seiner Profikarriere verbrachte der überaus vereinstreue »Gigi« beim FC Parma und debütierte bereits im Alter von 17 Jahren in der Serie A gegen den AC Mailand. Nachdem er mehrere Millionenangebote europäischer Spitzenklubs ausgeschlagen hatte, wechselte er im Jahr 2001 für die Rekordsumme von 54 Millionen Euro zu Juventus Turin. Es war die höchste Transfersumme, die je für einen Torwart bezahlt wurde.
Mit Juve gewann er auf Anhieb die »Scudetto« genannte italienische Meisterschaft und konnte diesen Titel in der Folgesaison verteidigen. Sein beinahe blindes Verständnis mit Fabio Cannavaro und Lilian Thuram, mit denen er schon in Parma zusammenspielte, machten die Abwehr der »alten Dame« Juventus in den nächsten Jahren zu einem fast unüberwindlichen Bollwerk. Die beiden Meistertitel aus den Jahren 2005 und 2006 wurden dem Verein wegen des Manipulationsskandals allerdings wieder aberkannt.
Buffon selbst wurde von dem Vorwurf, sich an illegalen Fußballwetten beteiligt zu haben, freigesprochen. Wahrscheinlich auch deshalb, weil er insgesamt rund 1,6 Millionen Euro verzockt hatte. Wäre er an irgendwelchen Schummeleien beteiligt gewesen, hätte er ja zumindest ab und zu mal gewonnen, so die Begründung des Gerichts.
Trotz des Zwangsabstiegs von Juventus gehörte Buffon zu den Spielern, die dem Verein die Treue hielten und den sofortigen Wiederaufstieg in die höchste Spielklasse schafften.
Die WM 2006 in Deutschland wurde für den smarten Gigi, der als ausgesprochener Frauenschwarm gilt und meistens in einem rosaroten Trikot aufläuft, zu einem persönlichen Triumph. Die »Azzurri« gewannen den Weltmeistertitel, und ihr Keeper wurde als bester Torhüter des Turniers mit der Lew-Jaschin-Trophäe ausgezeichnet. Für seine überragenden Leistungen im Jahr 2007 wurde er bereits zum vierten Mal – öfter als jeder andere – zum Welttorhüter des Jahres gekürt.
Und ans Aufhören denkt Gianluigi Buffon noch lange nicht.

Cafu

Ashley Cole

Bruno Pezzey

Verteidiger

... sind Spielverderber

Verteidiger sind geborene Spielverderber. Sie sollen genau das verhindern, was beim Fußball von jeher als das Salz in der Suppe betrachtet wird, nämlich Tore. Während ihre Kollegen als Regisseure glänzen, als Flügelflitzer für Furore sorgen oder sich als Goalgetter feiern lassen, verrichten die Verteidiger sozusagen die Drecksarbeit. Sie werfen sich in die Bresche und verbeißen sich in Zweikämpfe, machen als »Eisenfuß« (***Horst-Dieter Höttges***), »Terrier« (***Berti Vogts***) oder gar als »Kannibale« (***Khalid Boulahrouz***) Karriere. Ein zweifelhafter Ruhm eilt ihnen voraus – bestenfalls.

So war es zumindest früher einmal, in den vormodernen Zeiten des Fußballs, als die gegnerischen Mittelstürmer noch von beinharten Vorstoppern wie ***Georg Schwarzenbeck***, ***Karl-Heinz Förster***, ***Guido Buchwald*** oder ***Jürgen Kohler*** in die Mangel genommen wurden. Und wer ihnen entwischte, bekam es mit dem Libero zu tun, dem letzten »freien« Mann hinter der Abwehr, dessen Spiel von ***Franz Beckenbauer*** revolutioniert wurde. Statt einfach nur den destruktiven »Ausputzer« zu geben, organisierte er das Spiel von hinten heraus, öffnete es mit weiten Pässen und schaltete sich in den Angriff mit ein – der moderne Verteidiger war geboren.

Das führte in Deutschland zu solcher Begeisterung, dass hier noch mit einem Libero gespielt wurde, als sich im internationalen Fußball längst die auf einer Linie spielende Viererkette durchgesetzt hatte. ***Klaus Augenthaler*** und ***Matthias Sammer*** waren solche historisch verspäteten Liberos, und ausdrücklich sei auch der Österreicher ***Bruno Pezzey*** erwähnt, der 1994 im Alter von 39 Jahren an einem plötzlichen Herzversagen verstarb.

Georg Schwarzenbeck

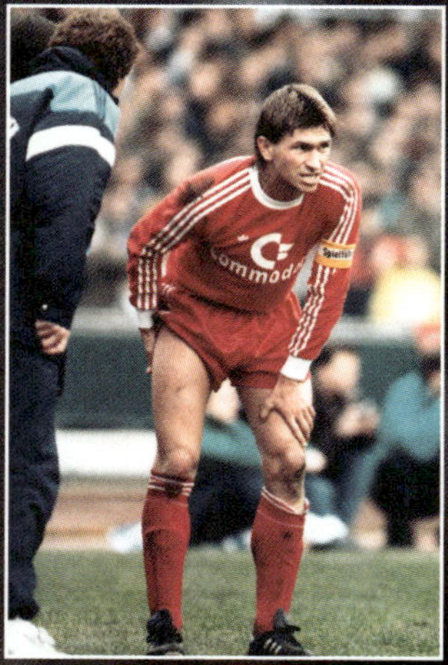

Klaus Augenthaler

Matthias Sammer

Die Abschaffung des Liberos machte sich bei der Europameisterschaft 2004 der listenreiche Otto Rehhagel als Trainer der griechischen Nationalmannschaft zunutze: Sein Abwehrchef ***Traianos Dellas*** agierte zur allgemeinen Verwunderung wie ein Libero alter Schule und stürzte die gegnerischen Mannschaften damit in heillose Verwirrung. Am Ende wurde Griechenland sensationell Europameister und Rehhagel wegen seiner altmodischen Taktik gescholten. »Modern ist, wer gewinnt«, entgegnete der lapidar.
Heute hat sich die Arbeitsbeschreibung eines Abwehrspielers radikal gewandelt. Innenverteidiger wie ***Lúcio***, ***Alessandro Nesta***, ***Ricardo Carvalho*** oder ***Rio Ferdinand*** sind für die Spieleröffnung verantwortlich und sollen bei Standardsituationen für Gefahr vor dem gegnerischen Tor sorgen. Außenverteidiger wie ***Daniel Alves***, ***Ashley Cole***, ***Maicón*** oder ***Philipp Lahm*** müssen ein enormes Laufpensum verrichten, sollen den Angriff mit ankurbeln und die gesamte Außenbahn abdecken. Folglich ist auch das Ansehen der Abwehrspieler, dieser Alleskönner und Allzweckwaffen im modernen Fußball, sprunghaft gestiegen. Davon provitierte vor allem ***Fabio Cannavaro***, der als erster Innenverteidiger überhaupt im Jahr 2006 zum Weltfußballer gekürt wurde.

»Eisenfuß«, »Terrier« oder gar »Kannibale«

Alessandro Nesta

Guido Buchwald

Johan Cruyff

Franz Beckenbauer

Daniel Alves

Karl-Heinz Schnellinger

Vollständiger Name: Karl-Heinz Schnellinger
Geburtstag: 31. März 1939
Größe: 180 cm
Nation: Deutschland
Vereine:
1. FC Köln: 1958–1963
AC Mantova: 1963–1964
AS Rom: 1964–1965
AC Mailand: 1965–1974
Tennis Borussia Berlin: 1974–1975
Erfolge:
Europapokal der Pokalsieger: 1968, 1973
Europapokal der Landesmeister: 1969
Weltpokal-Sieger: 1969
Deutscher Meister: 1962
Deutschlands Fußballer des Jahres: 1962
Italienischer Meister: 1968
Italienischer Pokalsieger: 1967, 1972, 1973

Ich bin Europäer. Es ist doch egal, ob ich in Mailand oder Köln lebe.

Es gefällt Karl-Heinz Schnellinger überhaupt nicht, immer wieder auf dieses eine Tor angesprochen zu werden. Geschossen hat er es in der Nachspielzeit des sogenannten Jahrhundertmatchs zwischen Italien und Deutschland bei der WM 1970 in Mexiko. Es war sein einziger Treffer in 47 Länderspielen und rettete Deutschland in eine der atemberaubendsten Verlängerungen der Fußballgeschichte. Aber »Jahrhundertmatch«? Schnellinger winkt ab. Während der regulären Spielzeit sei es ein »Scheißspiel« gewesen, konstatiert er. »Hätte es nicht die Verlängerung gegeben, würde heute kein Hahn mehr danach krähen.«
Dass Schnellinger über ein Jahrzehnt lang zu den besten Abwehrspielern der Welt gehörte und einer der erfolgreichsten deutschen Profis im Ausland war, wissen heute nur noch die Experten. Als der blonde Karl-Heinz 1963 von Deutschland nach Italien übersiedelte, um als »Carlo il Biondo« (Carlo der Blonde) für Furore zu sorgen, wurden solche Wechsel ins Ausland noch argwöhnisch betrachtet. Geldgier war meist der geringste Vorwurf, der ihm gemacht wurde. Andere nannten es schlicht »Vaterlandsverrat«. Mit dem AC Milan gewann »Carlo« in den 60er- und 70er-Jahren alle großen nationalen und internationalen Titel und spielte mit Stars wie Rivera, Sormani und Trapattoni zusammen. Zwischen 1958 und 1970 nahm er an vier Weltmeisterschaften teil und wurde bei der WM 1962 in Chile ins All-Star-Team gewählt, obwohl Deutschland bereits im Viertelfinale ausgeschieden war. Zum Ausklang seiner Karriere kehrte er 1975 für kurze Zeit nach Deutschland zurück und bestritt als 35-Jähriger 19 Spiele für Tennis Borussia Berlin, ehe es ihn als Privatmann endgültig nach Italien zog.

Berti Vogts

Vollständiger Name: Hans-Hubert Vogts
Geburtstag: 30. Dezember 1946
Größe: 168 cm
Nation: Deutschland
Verein:
Borussia Mönchengladbach: 1965–1979
Erfolge als Spieler:
Europameister: 1972
Weltmeister: 1974
UEFA-Cup-Sieger: 1975, 1979
Deutscher Meister: 1970, 1971, 1975, 1976, 1977
Fußballer des Jahres: 1971, 1979
Erfolg als Trainer:
Europameister: 1996

Ob Beckenbauer, Netzer, Overath oder Grabowski – technisch versierte Spielgestalter hatte der deutsche Fußball in den 70er-Jahren wahrlich genug. Doch konnten sich diese Ballkünstler und kreativen Freigeister nur entfalten, weil sie Mitspieler hatten, die diszipliniert ihre taktischen Aufgaben erfüllten und keinen Zweikampf scheuten, die auch dann noch rackerten, grätschten und kämpften, wenn die Regisseure des Spiels eine schöpferische Pause einlegten. Prototyp dieses disziplinierten Kämpfers war Berti Vogts, genannt »Der Terrier«. Für seinen Verein Borussia Mönchengladbach bestritt er 419 Bundesligaspiele und erzielte als Verteidiger 33 Tore. Zwischen 1967 und 1978 spielte er 96 Mal für die Nationalmannschaft. Höhepunkt seiner Karriere war der Gewinn der Fußballweltmeisterschaft 1974 in Deutschland. Für viele war er damals der beste Verteidiger des Turniers. Bei der WM in Argentinien 1978 führte Vogts die Nationalelf als Kapitän aufs Feld. Doch das Projekt Titelverteidigung geriet zum Fiasko. Nachdem man in der Zwischenrunde mit 2:3 gegen den Gruppenletzten Österreich verloren hatte (die sogenannte «Schmach von Córdoba»), fuhr man vorzeitig wieder nach Hause.

Wenn ich übers Wasser laufe, sagen meine Kritiker: Nicht mal schwimmen kann der.

Berti Vogts hätte sicher noch ein paar Jahre weitergespielt, verletzte sich aber nur wenige Wochen später im Pokalspiel gegen den Wuppertaler SV so schwer, dass er nicht mehr auf den Fußballplatz zurückkehrte.
Stattdessen startete der ehemalige «Terrier» eine zweite Karriere als Jugendtrainer beim DFB, später als Mitglied des Trainerstabs unter Teamchef Franz Beckenbauer. Ab 1990 war er selbst für die Geschicke der Nationalmannschaft verantwortlich, holte den EM-Titel 1996 und ist bis heute, gemessen an der Erfolgsbilanz der einzelnen Spiele, der erfolgreichste Bundestrainer aller Zeiten.
Nach einer Zwischenstation als Bundesligacoach von Bayer Leverkusen betreute er die Nationalmannschaften von Kuwait, Schottland und Nigeria und ist seit 2008 Nationaltrainer von Aserbaidschan.

Franz Beckenbauer

Vollständiger Name: Franz Anton Beckenbauer
Geburtstag: 11. September 1945
Größe: 181 cm
Homepage: www.beckenbauer.de
Nation: Deutschland
Vereine:
FC Bayern München: 1964–1977
New York Cosmos: 1977–1980
Hamburger SV: 1980–1982
New York Cosmos: 1983
Erfolge als Spieler:
Europameister: 1972
Weltmeister: 1974
Europapokal der Pokalsieger: 1967
Europapokal der Landesmeister: 1974, 1975, 1976
Weltpokal-Sieger: 1976
Deutscher Meister: 1969, 1972, 1973, 1974, 1982
DFB-Pokalsieger: 1966, 1967, 1969, 1971
US-Meister (Soccer Bowl): 1977, 1978, 1980
Deutschlands Fußballer des Jahres: 1966, 1968, 1974, 1976
Europas Fußballer des Jahres: 1972, 1976
Platz 3 bei der Wahl zum Weltfußballer des 20. Jahrhunderts
Erfolge als Trainer:
Weltmeister: 1990
UEFA-Cup-Sieger: 1986
Deutscher Meister: 1994

Mit einer Ohrfeige fing alles an. Eigentlich hatte der 13-jährige Franz zum berühmten TSV 1860 München wechseln wollen, entschied sich dann aber doch für den damals weniger renommierten FC Bayern, nachdem er von einem »Löwen«-Spieler geohrfeigt worden war.
Bei den Bayern erhielt er 1964 seinen ersten Profivertrag, bestritt am 26. September 1965 nach nur sechs Bundesligaspielen sein erstes Länderspiel und machte bei der WM 1966 als Shootingstar im Mittelfeld auf sich aufmerksam. Seine Entwicklung zu einem der besten Spieler der Welt vollzog sich zu Beginn der 70er-Jahre und ist eng mit der Position des Liberos verbunden, die er ungewohnt offensiv interpretierte. Der klassische Libero, dem kein bestimmter Gegenspieler zugeordnet war, agierte als sogenannter freier Mann zur Absicherung hinter der Abwehr. Beckenbauer zeigte jedoch, wie hervorragend sich aus dieser Position heraus das eigene Spiel organisieren ließ. Er öffnete es mit langen Pässen aus der eigenen Hälfte und schaltete sich bei jeder Gelegenheit in das Angriffsspiel ein. Dass er dies mit einer nie zuvor gesehenen Leichtigkeit und Eleganz tat, machte ihn zum deutschen Ausnahmespieler schlechthin. Bei Beckenbauer, der stets in aufrechter Haltung spielte und den Pass mit dem Außenrist perfektionierte, wirkte alles unangestrengt und selbstverständlich.

Es tut mir leid für den Rest der Welt, aber diese Mannschaft wird auf Jahre hinaus nicht zu schlagen sein.

(Nach dem WM-Finale 1990)

Bei der EM 1972 in Belgien führte er die vielleicht beste deutsche Mannschaft aller Zeiten als Kapitän zum Europameistertitel. Zwei Jahre später wurde eine fast identische deutsche Mannschaft Weltmeister im eigenen Land.
Beim FC Bayern prägte er in dieser Zeit die erfolgreichste Ära der Vereinsgeschichte. Als erste deutsche Mannschaft gewannen die Münchner von 1972 bis 1974 drei deutsche Meisterschaften nacheinander, triumphierten ebenfalls drei

Mal in Folge im Europapokal der Landesmeister und sicherten sich 1976 überdies den Weltpokal.
Im Jahr 1977 wechselte er ins damalige Fußball-Entwicklungsland USA zu Cosmos New York, wo er unter anderem mit Pelé zusammenspielte und dreifacher US-amerikanischer Meister wurde.
Mit dem HSV errang er 1982 seinen fünften deutschen Meistertitel, ehe er mit einer weiteren Saison in New York seine aktive Laufbahn ausklingen ließ.
In seiner zweiten Karriere als Trainer ist er neben dem Brasilianer Mario Zagallo der Einzige, der nicht nur als Spieler, sondern auch als Trainer Weltmeister wurde (1990). Beim FC Bayern sprang er zwei Mal als Vereinstrainer ein und gewann in dieser Funktion 1994 eine weitere deutsche Meisterschaft sowie 1996 den UEFA-Cup.
In seiner dritten Karriere als Sportfunktionär war er von 1994 bis 2009 Präsident des FC Bayern und holte als Vorsitzender des Bewerbungskomitees die Weltmeisterschaft 2006 nach Deutschland.

Paul Breitner

Vollständiger Name: Paul Breitner
Geburtstag: 5. September 1951
Größe: 176 cm
Nation: Deutschland
Vereine:
FC Bayern München: 1970–1974
Real Madrid: 1974–1977
Eintracht Braunschweig: 1977–1978
FC Bayern München: 1978–1983
Erfolge:
Europameister: 1972
Weltmeister: 1974
Europapokal der Landesmeister: 1974
Deutscher Meister: 1972, 1973, 1974, 1980, 1981
DFB-Pokalsieger: 1971, 1982
Fußballer des Jahres: 1981
Spanischer Meister: 1975, 1976

Querkopf, Rebell, Revoluzzer – ein Ja-Sager war Paul Breitner noch nie. Vor der WM 1974 hatte er sich mit Bundestrainer Helmut Schön wegen des Prämienstreits überworfen, zog sich jahrelang aus der Nationalmannschaft zurück, weil er schlicht keine Lust hatte, und beschwerte sich später über den FC Bayern: »In diesem Scheißverein kann man nicht mal richtig feiern!«
Udo Lattek, der ihn bereits in der Jugendnationalmannschaft trainiert hatte, holte den 19-jährigen Breitner 1970 zum FC Bayern, worauf eine fulminante Karriere ihren Anfang nahm: 1971 gewann er den DFB-Pokal, debütierte in der Nationalmannschaft und gehörte beim EM-Sieg 1972 gegen die Sowjetunion (3:0) bereits zur Stammelf. Mit den Bayern holte er drei deutsche Meisterschaften nacheinander sowie den Europapokal der Landesmeister. Bei der WM 1974 in Deutschland erzielte der torgefährliche Offensivverteidiger jeweils das 1:0 gegen Chile und Jugoslawien und verwandelte im Finale gegen die Niederlande einen Elfmeter zum 1:1-Ausgleich.
Was macht ein junger Spieler, der in den ersten vier Jahren seiner Profikarriere schon so ziemlich alles gewonnen hat, was es zu gewinnen gibt? Er sucht eine neue Herausforderung, und zwar die größte, die es gibt: Breitner wechselt zu Real Madrid, wo er gemeinsam mit Günter Netzer die Fäden im Mittelfeld zieht und zwei Mal spanischer Meister wird.
Nach einem einjährigen Gastspiel bei Eintracht Braunschweig kehrte er für die letzten fünf Jahre seiner Karriere nach München zurück, wo er zum unumschränkten Regisseur im Mittelfeld wurde und hervorragend mit Stürmerstar Karl-Heinz Rummenigge harmonierte. Die WM 1982 in Spanien war der Anlass für sein Comeback in die Nationalmannschaft. Im verlorenen Finale gegen Italien markierte er den Treffer zum 1:3 und wurde somit zum einzigen deutschen Spieler, der sich in zwei WM-Endspielen in die Torschützenliste eintrug.
15 Jahre nach seinem Karriereende wäre Paul Breiter 1998 um ein Haar Nationaltrainer geworden. DFB-Boss Egidius Braun bot ihm das Amt telefonisch an, nachdem Berti Vogts zurückgetreten war. Als Braun jedoch erfuhr, dass Breitner in einem Interview die Ablösung des DFB-Präsidiums gefordert hatte, zog er das Angebot wieder zurück.
Seit dem Frühjahr 2007 ist Paul Breitner Berater und Scout des FC Bayern München.

Schiri, pfeif ab. I mog nimmer!
(Als die Bayern nach 30 Minuten 0:3 zurücklagen)

Franco Baresi

Vollständiger Name: Franceschino Baresi
Geburtstag: 8. Mai 1960
Größe: 176 cm
Nation: Italien
Verein:
AC Mailand: 1978–1997
Erfolge:
Weltmeister: 1982
Italiens Fußballer des Jahres: 1990
Italienischer Meister: 1979, 1988, 1992, 1993, 1994, 1996
Champions-League-Sieger: 1989, 1990, 1994

Wären nur diese unglückseligen Elfmeterschießen nicht gewesen, dann wäre Franco Baresis Nationalmannschaftkarriere genauso ruhmreich verlaufen wie seine Vereinskarriere. 1982 hatte er bereits zum Kader der italienischen Weltmeistermannschaft gehört, war jedoch nicht zum Einsatz gekommen. Bei der WM im eigenen Land 1990 hungerte die ganze italienische Nation nach dem Titel, doch im Halbfinal-Elfmeterschießen gegen Argentinien scheiterten Roberto Donadoni (der später Nationaltrainer wurde) und Aldo Serena am argentinischen Nationalkeeper Sergio Goycochea. Baresi hatte den ersten Elfmeter verwandelt.
Vier Jahre später versagten ihm beim Elfmeterschießen im WM-Finale gegen Brasilien selbst die Nerven. Daniele Massaro und Roberto Baggio hießen die beiden anderen Unglücksraben. Franco Baresi, der wegen seiner an Beckenbauer erinnernden Souveränität auch »Franz« genannt wurde, hatte zu diesem Zeitpunkt den Höhepunkt seiner Karriere erreicht. Als brillanter Libero und Abwehrorganisator hatte er entscheidenden Anteil daran, dass der AC Milan die dritte italienische Meisterschaft in Folge und einmal mehr die Champions League gewonnen hatte. Die von Kapitän Baresi geführte Verteidigung funktionierte so perfekt, dass die »Rossoneri« in 34 Ligaspielen nur 15 Gegentore einstecken mussten. In Paolo Maldini hatte er einen kongenialen Partner an seiner Seite und konnte in der Offensive vor allem auf die Künste der holländischen Stars Ruud Gullit, Marco van Basten und Frank Rijkaard setzen.
In 716 Partien stand er für seinen einzigen Klub, den AC Mailand, auf dem Platz. »Sein« Trikot mit der Nummer sechs wurde aus Verehrung für den langjährigen Capitano seitdem nicht mehr vergeben.

Paolo Maldini

Paolo Maldini hat 902 Pflichtspiele für den AC Mailand bestritten und dabei so viele Titel gesammelt wie kaum ein anderer Profi mit einem einzigen Klub. Der Sohn des ehemaligen Milan-Spielers und Trainers Cesare Maldini war von 1985 bis zu seinem Karriereende 2009 durchgehend Stammspieler und übernahm 1996 die Kapitänsbinde von Franco Baresi. Ganze Spieler- und Trainergenerationen sah der unverwüstliche Maldini kommen und gehen und bildete Ende der 80er-Jahre mit Größen wie Gullit, Rijkaard, van Basten, Donadoni und Baresi die vielleicht beste Milan-Mannschaft aller Zeiten.

Im Grunde hatte er die Fußballschuhe längst an den Nagel hängen wollen, doch sein Trainer Carlo Ancelotti wollte partout nicht auf ihn verzichten und überredete seinen Capitano ein ums andere Jahr zum Weitermachen. Sein Stellungsspiel war auch 2009 noch perfekt, sein Tackling fair und sauber, seine Übersicht unerreicht. Und bis zum Schluss startete der gelernte Offensivverteidiger Maldini seine gefürchteten Vorstöße und Flankenläufe, auch wenn seine Gegner gerade mal halb so alt waren wie er.

Als Nationalspieler blieb dem erfolgsverwöhnten Maldini der ganz große Triumph verwehrt. Die

Vollständiger Name: Paolo Cesare Maldini
Geburtstag: 26. Juni 1968
Größe: 186 cm
Nation: Italien
Verein:
AC Mailand: 1984–2009
Erfolge:
Italienischer Meister: 1988, 1991, 1993, 1994, 1996, 1999, 2004
Italienischer Pokalsieger: 2003
Europapokal der Landesmeister: 1989, 1990
Champions-League-Sieger: 1994, 2003, 2007
Bester Verteidiger der Champions League: 2007
Weltpokal-Sieger: 1989, 1990
FIFA-Klub-Weltmeisterschaft: 2007
Vize-Weltfußballer des Jahres: 1995

Ich werde Ende Juni 41 Jahre alt und trage im Beruf kurze Hosen – das sagt doch alles über meine absurde Situation aus.

Endspiele bei der Weltmeisterschaft 1994 und bei der Europameisterschaft 2000 endeten mit Niederlagen gegen Brasilien und Frankreich. Viele Wünsche hat seine Karriere nicht offengelassen. Nur mit Diego Maradona hätte er zu gern einmal zusammengespielt: »Er war der Beste. Wenn es gegen Diego ging, dachte ich: O Gott! Der machte Dinge, da wurde ich verrückt.«
Im Übrigen kann der schöne Paolo mit den strahlend blauen Augen, der auch als Armani-Model eine gute Figur abgab, auf eine absolut skandalfreie Karriere zurückblicken. Kein ausschweifendes Nachtleben, keine Frauengeschichten, kein Alkohol. Maldini ist ein Gesundheitsfanatiker, der sein Leben vollkommen dem Fußball untergeordnet hat und zu den letzten Gentlemen seiner Zunft zählt. Sein Rücktritt wird ein »tristes, schwarzes Loch« hinterlassen, schrieb die Gazetta dello Sport. Doch es besteht Hoffnung, dass die Maldini-lose Zeit nicht allzu lange andauern wird. Denn sein Sohn Christian hat bereits einen Jugendvertrag beim AC Milan und gilt als äußerst talentiert.

Bixente Lizarazu

Vollständiger Name: Bixente Vincent Lizarazu
Geburtstag: 9. Dezember 1969
Größe: 169 cm
Homepage: http://blog.bixentelizarazu.com
Nation: Frankreich
Vereine:
Girondins Bordeaux: 1988–1996
Athletic Bilbao: 1996–1997
FC Bayern München: 1997–2004
Olympique Marseille: 2004–2005
FC Bayern München: 2005–2006
Erfolge:
Weltmeister: 1998
Europameister: 2000
Champions-League-Sieger: 2001
Weltpokal-Sieger: 2001
Deutscher Meister: 1999, 2000, 2001, 2003, 2005, 2006
Deutscher Pokalsieger: 1998, 2000, 2003, 2005, 2006

In seiner Jugend kickte Bixente Lizarazu für den Provinzklub Les Églintins in Hendaye, einer kleinen südfranzösischen Hafenstadt an der spanischen Grenze. Mit 19 Jahren wechselte er zur Erstligamannschaft von Girondins Bordeaux, wo er auf seine späteren Nationalmannschaftskollegen Christophe Dugarry und Zinédine Zidane traf. Nach einem einjährigen Gastspiel für Athletic Bilbao schloss sich der kraftvolle, dynamische Außenverteidiger 1997 dem FC Bayern an, womit die erfolgreichsten Jahre seiner Karriere ihren Anfang nahmen: Als Stammspieler der Équipe Tricolore wurde er 1998 Weltmeister im eigenen Land und gewann zwei Jahre später das EM-Turnier in Belgien und den Niederlanden. Mit dem FC Bayern setzte er ab 1999 zu einer beispiellosen Titeljagd an und sicherte sich in den nächsten neun Jahren elf nationale Titel sowie als Krönung seiner Vereinskarriere die Champions League und den Weltpokal.
Wie sehr ihm der bayerische Seriensieger in dieser Zeit ans Herz gewachsen war, zeigte sich, als »Liza« ihn 2004 in Richtung Marseille verließ, aber schon ein halbes Jahr später wieder zurückkehrte. Im sonnigen Marseille hatte er sich nicht wohlgefühlt. Statt der Rückennummer 3, die inzwischen Lúcio trug, bekam er die 69, die eine dreifache Anspielung war: auf sein Geburtsjahr (1969), seine Größe (169 cm) und sein Gewicht (69 kg). Er beendete seine Laufbahn standesgemäß mit dem »Double« und feierte, inzwischen zum absoluten Publikumsliebling geworden, zum zweiten Mal einen bewegenden Abschied von seinen Fans.
Auch heute ist der begeisterte Surfer Lizarazu dem Fußball noch eng verbunden. Wenn er nicht gerade auf den Wellen des Atlantiks reitet, kommentiert er die Spiele der französischen Liga sowie der Champions League und schreibt für die Sportzeitung L'Équipe.

Für den Rest meines Lebens werde ich morgens aufwachen, das Meer sehen und die Wellen rauschen hören. Erfolg zu haben, ist wichtig. Aber man darf nie vergessen: Noch wichtiger ist es, das Leben zu genießen.

Cafu

Marcos Evangelista de Moares, genannt Cafu, ist der einzige Fußballer überhaupt, der an drei WM-Endspielen (1994, 1998 und 2002) teilgenommen hat. Davon verlor er nur das Finale 1998 in Paris gegen Frankreich. Mit 16 Siegen hält er zudem den WM-Rekord der meisten gewonnenen Spiele und ist gemeinsam mit Roberto Carlos der einzige Spieler, der in seiner Karriere sechs Finalspiele bestritt.
16 Jahre lang (1990–2006) besetzte er in der Seleção die rechte Verteidigerposition, während Roberto Carlos fast ebenso lang (1992–2006) die linke Seite abdeckte. Als pfeilschneller Rechtsverteidiger war Cafu stets für sein enormes Laufpensum und seine energischen Flankenläufe bekannt, was ihm in Italien den Spitznamen »Il Pendolino« (»Der D-Zug«) einbrachte.
Im Jahr 2001, als er beim AS Rom unter Vertrag stand, beantragte er neben der brasilianischen auch die italienische Staatsangehörigkeit, um nicht mehr unter das Ausländerkontingent zu fallen. Wegen angeblicher Passfälschung musste er sich später vor Gericht verantworten, wurde jedoch freigesprochen.
Mit seinen 142 Länderspielen für Brasilien war Cafu bis zum 8. September 2007 Rekordhalter Südamerikas, bevor er von dem Ecuadorianer Iván Hurtado, genannt »Bambam«, überholt wurde.
Nachdem er im Sommer 2008 seine Karriere offiziell für beendet erklärte, heuerte er ein halbes Jahr später beim britischen Provinzklub Garforth Town an, der in der achten englischen Liga spielt.

Vollständiger Name:
Marcos Evangelista de Moares
Geburtstag: 7. Juni 1970
Größe: 176 cm
Homepage: www.fundacaocafu.org.br
Nation: Brasilien, Italien
Vereine:
FC São Paulo: 1989–1994
Real Saragossa: 1994–1995
SE Palmeiras: 1995–1997
AS Rom: 1997–2003
AC Mailand: 2003–2008

Erfolge:
Weltmeister: 1994, 2002
Copa-América-Sieger: 1997, 1999
Brasilianischer Meister: 1991
Weltpokal-Sieger: 1992, 1993
Copa-Libertadores-Sieger: 1992, 1993
Copa Comnebol: 1994
Italienischer Meister: 2001, 2004
Champions-League-Sieger: 2007
Klub-Weltmeisterschaft: 2007
Südamerikas Fußballer des Jahres: 1994

Roberto Carlos

Vollständiger Name: Roberto Carlo da Silva
Geburtstag: 10. April 1973
Größe: 168 cm
Homepage: www.robertocarlos.com.br
Nation: Brasilien, Spanien
Bisherige Vereine:
União São João: 1990–1993
Palmeiras São Paulo: 1993–1995
Inter Mailand: 1995–1996
Real Madrid: 1996–2007
Fenerbahçe Istanbul: seit 2007
Bisherige Erfolge:
Weltmeister: 2002
Copa-América-Sieger: 1997, 1999
Confederations-Cup-Sieger: 1997
Brasilianischer Meister: 1993, 1994
Spanischer Meister: 1997, 2001, 2003, 2007
Spanischer Supercup-Sieger: 1998, 2001, 2003
Champions-League-Sieger: 1998, 2000, 2003
Bester Verteidiger der Champions League: 2002, 2003
Weltpokal-Sieger: 1998, 2002
Türkischer Supercup-Sieger: 2007

Wenn es um den besten Linksfüßer geht, dann darf nur ein Name fallen: Roberto Carlos.

Günter Netzer

Lyon, 3. Juni 1997: Der französische Nationalkeeper Fabien Barthez starrt ungläubig den Ball an, der soeben aus über 30 Meter Entfernung in seinem Kasten eingeschlagen hat. Den Brasilianern war ein direkter Freistoß zugesprochen worden. Vor der kurzen Ecke stand die französische Abwehrmauer, in der langen Ecke wartete Barthez.

Eigentlich hat der Freistoßschütze in dieser Situation nur die Möglichkeit, den Ball über die Mauer zu schlenzen. Wer so dreist ist wie Ronaldinho, der schießt auch schon mal unter den hochspringenden Abwehrspielern hindurch, doch Roberto Carlos kennt noch eine dritte Variante. Er schießt einfach um die Ecke.

Die Flugkurve des Balles ist aberwitzig: Als erinnere er sich plötzlich daran, wo das Tor steht, um wie von Geisterhand die Richtung zu ändern. Roberto Carlos hat diesen Kunstschuss, der ebenso viel Wucht wie Effet hat, perfektioniert.

Mit 155 km/h hielt er lange Zeit den Weltrekord für den härtesten Schuss im Profifußball. Ermöglicht wurde ihm dies auch durch seinen sagenhaften Oberschenkelumfang von 58 Zentimetern. Bei den »Königlichen« von Real Madrid beherrschte er fast ein ganzes Jahrzehnt lang die linke Außenbahn, gewann unter anderem vier spanische Meisterschaften sowie drei Mal die Champions League und prägte maßgeblich den Typus des modernen Außenverteidigers, der sich bei jeder Gelegenheit in den Angriff mit einschaltet.

Die Krönung seiner bisherigen Laufbahn war sicherlich der Gewinn der Weltmeisterschaft 2002. Im Endspiel von Yokohama bezwang Brasilien die deutsche Mannschaft mit 2:0. Roberto Carlos wurde in das 16-köpfige All-Star-Team gewählt. Im Jahr 2007 beendete er seine Zeit bei Real, um Fenerbahçe Istanbul in der türkischen Süper Lig zu verstärken.

Fabio Cannavaro

Vollständiger Name: Fabio Cannavaro
Geburtstag: 13. September 1973
Größe: 175 cm
Homepage: www.fabiocannavaro.it
Nation: Italien
Bisherige Vereine:
SSC Neapel: 1992–1995
AC Parma: 1995–2002
Inter Mailand: 2002–2004
Juventus Turin: 2004–2006
Real Madrid: 2006–2009
Juventus Turin: seit 2009
Bisherige Erfolge:
Weltmeister: 2006
UEFA-Cup-Sieger: 1999
Italienischer Pokalsieger: 1999, 2002
Spanischer Meister: 2007, 2008
Europas Fußballer des Jahres: 2006
Weltfußballer des Jahres 2006
Silberner Ball als zweitbester Spieler der WM 2006

Ich als Kapitän der Azzurri! Anstelle von Maldini, der immer ein Vorbild für mich war. Sie können sich vorstellen, wie stolz ich bin!

Seine Karriere begann als Fan. Der Neapolitaner Fabio Cannavaro betätigte sich schon früh als Balljunge beim SSC Neapel. Dass er im Alter von elf Jahren von Diego Maradona angesprochen wurde, muss ihn so beeindruckt haben, dass er beschloss, selbst Fußballprofi zu werden. Mit 19 Jahren debütierte er für seinen Heimatklub in der ersten italienischen Liga und wechselte 1995 zum AC Parma, mit dem er vier Jahre später den italienischen Pokal gewann und UEFA-Cup-Sieger wurde. Damals spielte er bereits mit Gianluigi Buffon und Lilian Thuram zusammen. Später begegneten sich die drei bei Juventus Turin wieder und bildeten eines der effektivsten Abwehrtrios der Serie A. Die Meistertitel von 2005 und 2006 wurden Juventus wegen der Verwicklung in den sogenannten Manipulationsskandal wieder aberkannt, worauf Cannavaro zu Real Madrid wechselte.

1997 bestritt er sein erstes Länderspiel und nahm für die »Azzurri« seitdem an drei Weltmeisterschaften (1998, 2002, 2006) und zwei Europameisterschaften (2000 und 2004) teil. Mit seinem 100. Spiel für die Squadra Azzurra wurde er am 9.7.2006 Fußballweltmeister, wurde als zweitbester Spieler des Turniers (nach Zindédine Zidane) mit dem Silbernen Ball und noch im selben Jahr als Weltfußballer des Jahres ausgezeichnet. Er ist damit der erste Innenverteidiger überhaupt, dem diese Ehre zuteil wurde. Auch für die Europameisterschaft 2008 war er als Kapitän gesetzt, musste allerdings auf eine Teilnahme verzichten, weil er sich kurz vor Beginn des Turniers einen Bänderriss im Sprunggelenk zuzog.
Zur Saison 2009/2010 kehrte Cannavaro ablösefrei zu Juventus Turin zurück.

John Terry

Vollständiger Name: John George Terry
Geburtstag: 7. Dezember 1980
Größe: 187 cm
Nation: England
Bisheriger Verein:
FC Chelsea: seit 1998
Bisherige Erfolge:
Englischer Meister: 2005, 2006
Englischer Pokalsieger: 2000, 2007, 2009
Englischer Ligapokal: 2005, 2007
Englands Fußballer des Jahres: 2005
Bester Verteidiger der Champions League: 2005, 2008, 2009
EM-Teilnehmer: 2004
WM-Teilnehmer: 2006

Der beste Innenverteidiger der Welt.

José Mourinho

John Terry schloss sich bereits im Alter von 14 Jahren der Jugendabteilung des FC Chelsea an, wo er zunächst zum Mittelfeldspieler ausgebildet wurde. Weil zwischenzeitlich Not am Mann war, half er in der Innenverteidigung aus, die später seine Stammposition werden sollte. Schon 2001, im Alter von 20 Jahren, wurde er zum besten Jungprofi Chelseas gewählt und durfte in der Saison 2003/2004 als Vertreter von Marcel Desailly erstmals die Kapitänsbinde tragen. Die Führungsqualitäten des kompromisslosen und athletischen Terry, der sowohl am Boden als auch in der Luft extrem zweikampfstark ist, standen damals schon außer Frage. Nachdem ihn Chelseas Trainer José Mourinho 2004 zum neuen Kapitän ernannt hatte, führte Terry sein Team zur überlegenen Meisterschaft. Am Ende der Saison hatte Chelsea zwölf Punkte Vorsprung vor dem FC Arsenal und in der gesamten Saison nur 15 Gegentreffer kassiert.
In der Nationalmannschaft übernahm er am 10. August 2006 das Kapitänsamt von David Beckham. Zurückgeworfen wurde er immer wieder durch schwere Verletzungen. Ende des Jahres 2006 musste er sich einer Bandscheibenoperation unterziehen. Am 25. Februar 2007 verschluckte er im Zweikampf mit Arsenals Abou Diaby seine Zunge und verlor vorübergehend das Bewusstsein. Noch im selben Jahr zog er sich einen dreifachen Fußbruch zu. Doch Terry wäre nicht Terry, würde er sich nicht stets in verblüffend kurzer Zeit von seinen Verletzungen wieder erholen. Zwei Monate nach seinem Fußbruch stand er im Ligapokalfinale gegen Tottenham Hotspur wieder auf dem Platz. Den dunkelsten Moment seiner bisherigen Karriere erlebte John Terry im Champions-League-Endspiel 2008 gegen Manchester United. Nach 120, weitgehend von Chelsea dominierten Minuten kam es bei strömendem Regen zum Elfmeterschießen. Nachdem sein Mannschaftskamerad Michael Ballack seinen Strafstoß verwandelt hatte, vergab Terry den Elfmeter, der Chelsea den Sieg gebracht hätte. Am Ende triumphierten die »Red Devils« aus Manchester.

Sergio Ramos

Vollständiger Name: Sergio Ramos García
Geburtstag: 30. März 1986
Größe: 183 cm
Nation: Spanien
Bisherige Vereine:
FC Sevilla: 2004–2005
Real Madrid: seit 2005
Bisherige Erfolge:
U-19-Europameister: 2004
Europameister: 2008
Spanischer Meister 2007, 2008
Spanischer Supercup-Sieger: 2008
UEFA-Mannschaft des Jahres: 2008

Nächstes Mal gehe ich mit – aber nur, wenn dort Flamenco-Musik läuft.

(Reaktion des spanischen Nationaltrainers Aragonés, nachdem Sergio Ramos während der EM 2008 um zwei Uhr morgens in einer Innsbrucker Disko gesehen wurde.)

Auf dem T-Shirt, das Sergio Ramos während des EM-Finales 2008 unter dem Trikot trug, stand: »Siempre con nosotros« (»Immer bei uns«). Auch während der spanischen Meisterfeier mit Real Madrid trug er es. Er gedachte damit seinem toten Freund und Mannschaftskameraden Antonio Puerta, der im Oktober 2007 nach dem Spiel des FC Sevilla gegen Getafe einen Herzstillstand erlitten hatte. Um die Hüften gewickelt hatte sich der begeisterte Stierkampf- und Flamenco-Fan Ramos außerdem die Fahne der spanischen Region Andalusien.

Aus der Jugendabteilung des FC Sevilla hervorgegangen, schaffte er dort im Januar 2004 den Sprung in die erste Mannschaft und erkämpfte sich bald einen Stammplatz als rechter Verteidiger. Zur Saison 2005/2006 wechselte er für die stolze Ablösesumme von 27 Millionen Euro zu Real Madrid, wo er sich als defensiver Allrounder, der auch im Mittelfeld eingesetzt werden kann, unentbehrlich machte.

Nachdem er die verschiedenen spanischen Juniorenteams durchlaufen hatte, debütierte er am 26. März 2005 im Alter von 18 Jahren – so jung wie kein anderer Spanier seit über 60 Jahren – in der A-Nationalmannschaft, wurde auch hier rasch zum Stammspieler und im Sommer 2008 Europameister.

Trotz seiner Übersicht und Ballsicherheit gilt Ramos als harter Zweikämpfer, der in seinen vier Jahren bei den »Königlichen« bereits 59 gelbe und neun rote Karten gesammelt hat – eine rekordverdächtige Quote.

Philipp Lahm

Vollständiger Name: Philipp Lahm
Geburtstag: 11. November 1983
Größe: 170 cm
Homepage: www.philipplahm.de
Nation: Deutschland
Bisherige Vereine:
VfB Stuttgart (ausgeliehen): 2003–2005
FC Bayern München: seit 2005
Bisherige Erfolge:
Vize-Europameister: 2008
WM-Dritter: 2006
EM-Teilnehmer: 2004 und 2008
Ligapokalsieger: 2007
Deutscher Meister: 2006, 2008
DFB-Pokalsieger: 2006, 2008
WM-All-Star-Team: 2006
EM-All-Star-Team: 2008
Nominiert zum Weltfußballer des Jahres: 2006, 2007

Eines der schönsten Kapitel des deutschen Sommermärchens ereignete sich am 9. Juni 2006 beim WM-Eröffnungsspiel Deutschland gegen Costa Rica in München. Philipp Lahm nähert sich in der sechsten Spielminute auf der linken Außenbahn dem Strafraum, zieht in der für ihn typischen Art nach innen, blickt kurz auf und schlenzt den Ball mit einem Kunstschuss in den rechten Torwinkel. Lahm bezeichnete diesen Treffer als »Tor meines Lebens«, und nicht nur Diego Maradona bescheinigte ihm nach dem Spiel eine »Weltklasseleistung«. Dabei musste Lahm aufgrund einer Ellbogenverletzung mit einer Manschette spielen, sein Einsatz war lange Zeit fraglich gewesen.

Am Ende des Turniers war Lahm der einzige deutsche Spieler, der jedes Match über die volle Distanz bestritten hatte und aufgrund seiner herausragenden Leistungen in das WM-All-Star-Team berufen wurde.

Doch Lahm ist nicht der Typ, dem so etwas zu Kopf steigt. Statt seinen Ruhm zu vermarkten oder sich wie ein Popstar zu gebärden, engagiert sich der bescheidene und bodenständige Münchner lieber für soziale Projekte, unterstützt SOS-Kinderdörfer, tritt als Botschafter beim Welt-Aids-Tag in Erscheinung und gründete im

Dezember 2007 die Philipp-Lahm-Stiftung, um benachteiligte Kinder in Deutschland und insbesondere in Afrika zu fördern.
Seine Karriere verfolgt er mit unaufgeregter Beharrlichkeit. Aus der Jugendabteilung des FC Bayern hervorgegangen, ließ er sich 2003 für zwei Spielzeiten zum VfB Stuttgart ausleihen, weil die Münchner Außenverteidigerpositionen mit Bixente Lizarazu und Willy Sagnol bereits bestens besetzt waren. Wieselflink und zweikampfstark hat er sich nach seiner Rückkehr zu einem der besten Offensivverteidiger der Welt entwickelt und schlug sogar ein Angebot des großen FC Barcelona aus, der ihn nach Spanien locken wollte.
In der Nationalmannschaft gelang ihm beim EM-Halbfinale 2008 gegen die Türkei in der 90. Minute der spektakuläre Siegtreffer zum 3:2. Was das Toreschießen angeht, scheint sich Philipp Lahm auf die wirklich wichtigen Treffer zu konzentrieren – natürlich in aller Bescheidenheit.

Ich genieße das Geld, aber es raubt mir nicht den Verstand.

Gennaro Gattuso

Pierre Njanka

Mittelfeldspieler

... die Schaltzentrale

Andreas Herzog

Das Mittelfeld ist die natürliche Schaltzentrale jeder Mannschaft. In dieser Zone zwischen den Strafräumen werden die entscheidenden Zweikämpfe geführt. Hier wird das Spiel nach vorne gestaltet und nach hinten abgedichtet, und wehe dem, der die Mitte preisgibt.

Spezialisten wie ***Xabi Alonso***, ***Daniele De Rossi***, ***Gennaro Gattuso***, ***Patrick Vieira*** oder ***Mickaël Essien*** agieren heute als »Staubsauger« oder »Sechser« vor der Abwehr, sind geschickte Balleroberer und präzise Passgeber zugleich. Trainer, die ein noch stärkeres Bollwerk im Mittelfeld bevorzugen, verriegeln den eigenen Strafraum mit einer »Doppelsechs«.

Doch ganz gleich, welches Spielsystem zur Anwendung kommt, ob 4-3-3 oder 4-4-2, ob als »Flache Vier« oder mit »Raute«, so war das Mittelfeld von jeher Tummelplatz großer Spielgestalter wie ***Zinédine Zidane*** oder ***Diego Maradona***. Mit dem Nachnamen des argentinischen Zauberfußes wurden auch die Starregisseure verschiedener Nationen bedacht. Man denke nur an den als »Alpen-Maradona« verehrten Österreicher ***Andreas Herzog*** oder den rumänischen »Karpaten-Maradona« ***Gheorghe Hagi***. Nicht zu vergessen den türkischen »Bosporus-Maradona« ***Emre Belözoğlu*** oder den »Asien-Maradona« aus dem Iran ***Ali Karimi***.

Früher waren die kreativen Freigeister im Mittelfeld schon von Weitem daran zu erkennen, dass sie die Stutzen heruntergezogen hatten und das Hemd aus der Hose trugen. Und niemand hat je das Hemd so lässig aus der Hose getragen wie die Franzosen um ihren überragenden Dirigenten ***Michel Platini*** anno 1982. Dennoch verloren sie im Elfmeterschießen gegen die Deutschen, deren Trikots natürlich stramm

in den Hosen steckten – wir werden darauf zurückkommen.
Die Zeiten, in denen sich ein ***Günter Netzer***, ein ***Herbert Prohaska*** oder ***Bernd Schuster*** noch in aller Ruhe auf ihre Traumpässe vorbereiten konnten, sind freilich längst vorbei. Dank ausgeklügelter Verschiebetaktik werden inzwischen alle offenen Räume rasch zugestellt. Spielgestaltern der heutigen Generation wie ***Deco***, ***Diego***, ***Lampard*** oder ***Xavi*** wird eine ungleich größere Beweglichkeit und Handlungsschnelligkeit abverlangt als ihren Vorgängern. Doch nach wie vor verkörpern sie die Sehnsucht nach dem schönen, ästhetischen Spiel, nach Geistesblitzen und zündenden Ideen, die dem Fußball in seinen besten Momenten seinen Zauber verleihen.

Matteo Brighi

Bernd Schuster

Frank Lampard

Herbert Prohaska

Xavi

Deco

»Staubsauger« oder »Sechser«

Fritz Walter

Vollständiger Name: Friedrich Walter
Geburtstag: 31. Oktober 1920
Todestag: 17. Juni 2002
Größe: 174 cm
Nation: Deutschland
Verein:
1. FC Kaiserslautern: 1937–1959
Erfolge:
Weltmeister: 1954
Deutscher Meister: 1951, 1953
Ehrenspielführer der deutschen Fußballnationalmannschaft

Als die deutsche Nationalmannschaft am 4. Juli 1954 mit dem Bus zum Berner Wankdorfstadion fuhr, regnete es in Strömen. »Ihr Wetter, Fritz!«, soll Bundestrainer Sepp Herberger damals gesagt haben, worauf sein Kapitän erwiderte: »Chef, ich hab nix dagegen.«
Ob Fritz Walter auch ohne »Fritz-Walter-Wetter« Weltmeister geworden wäre, sei dahingestellt. Fest steht jedoch, dass der Anführer der »Helden von Bern« immer dann zu Höchstform auflief, wenn der Himmel seine Schleusen geöffnet hatte. Das kam seiner herausragenden Technik entgegen, die er bei tiefem Boden besonders gut ausspielen konnte. Der Lauterer war ein Fußballästhet, der als Mittelfeldspieler auf der Halbposition das Spiel souverän organisierte und selbst überaus torgefährlich war. In 384 Spielen für den 1. FC Kaiserslautern traf er 327 Mal ins Schwarze. Vom schönsten seiner vielen Tore existiert leider nur ein Schwarz-Weiß-Foto: In einem Freundschaftsspiel gegen Wismut Aue 1956 sprang er nach einer Ecke unter dem Ball hindurch und beförderte ihn im Flug mit der Hacke in den Torwinkel – für viele einer der schönsten Treffer aller Zeiten.
Hätte der Zweite Weltkrieg Fritz Walters großartige Karriere nicht für neun Jahre unterbrochen, wäre er sicher der erste deutsche Nationalspieler mit mehr als hundert Länderspieleinsätzen geworden. Doch auch so kam er auf 61 Spiele für Deutschland, bei denen er 33 Treffer markierte. Als Nationaltrainer Sepp Herberger dem jungen Talent am 14. Juli 1940 zu seinem ersten

Sie haben meine Vorstellungen vom guten Spiel personifiziert.
Sepp Herberger zu Fritz Walter

Länderspiel verhalf, erzielte Fritz Walter beim 9:3-Sieg gegen Rumänien sogleich drei Treffer. Nach seiner Rückkehr aus russischer Kriegsgefangenschaft spielte er zunächst wieder für seinen Heimatklub und stand mit dem 1. FC Kaiserslautern in fünf Endspielen um die deutsche Meisterschaft, von denen er zwei gewinnen konnte.

Seine Nationalmannschaftskarriere konnte der bodenständige und stets bescheidene Pfälzer erst 1951 im Spiel gegen die Schweiz fortsetzen und entwickelte sich rasch zum verlängerten Arm von Bundestrainer Sepp Herberger, dessen taktische Anweisungen er genau umzusetzen wusste. Als Kapitän des Weltmeisterteams von 1954, zu dem auch sein Bruder Ottmar gehörte, wurde Fritz Walter zum Idol seiner Zeit und verhalf einer ganzen Nation zu neuem Selbstbewusstsein.
Bei der WM 1958 verletzte sich der inzwischen 37-jährige Spielmacher im Halbfinalspiel gegen Schweden und erklärte nach dem Turnier seinen Rücktritt aus der Nationalmannschaft.
Fritz Walter wurden nach Beendigung seiner Karriere zahlreiche Ehrungen zuteil. Er wurde zum ersten Ehrenspielführer der Nationalmannschaft ernannt und mit der Goldenen Verdienstmedaille der FIFA ausgezeichnet. Er verstarb am 17. Juni 2002.

Bobby Charlton

Vollständiger Name: Sir Robert Charlton
Geburtstag: 11. Oktober 1937
Größe: 173 cm
Nation: England
Vereine:
Manchester United: 1953–1972
Preston North End: 1973–1975 (Spielertrainer)
Waterford United: 1975
Newcastle KB United: 1978
Blacktown City CS: 1980
Erfolge:
Weltmeister: 1966
Englischer Meister: 1957, 1965, 1967
Englischer Pokalsieger: 1963
Europokal der Landesmeister: 1968
Englands Fußballer des Jahres: 1966
Europas Fußballer des Jahres: 1966

Es gab nie einen populäreren Fußballer. Er war als Spieler wie auch als Mensch so perfekt, wie man nur sein kann.

Sein Trainer Matt Busby

Die verheißungsvolle Karriere von Bobby Charlton hätte 1958 fast ein tragisches Ende gefunden. Bei winterlichen Witterungsbedingungen auf dem Münchner Flughafen kam eine Maschine der British European Airways von der Startbahn ab und explodierte. An Bord befanden sich das Team von Manchester United sowie Begleitpersonal, Fans und Sportjournalisten. Von 44 in der Maschine befindlichen Personen kamen 23 ums Leben, darunter acht Mannschaftskameraden von Bobby Charlton. Er selbst wurde mit seinem Sitz aus dem Flugzeug geschleudert und überlebte nahezu unverletzt.

Nach diesem Schicksalsschlag wurde Charlton fast automatisch zu einem der Eckpfeiler der neuen Mannschaft, die Trainer Matt Busby in den nächsten Jahren aufbaute. Mitte der 60er-Jahre war seine Arbeit von Erfolg gekrönt: Nach dem englischen Pokalsieg 1963 und zwei gewonnenen Meisterschaften 1965 und '67 feierte die von Kapitän Bobby Charlton angeführte Mannschaft im Finale des Europapokals der Landesmeister 1968 einen ebenso triumphalen wie bewegenden 4:1-Erfolg gegen Benfica Lissabon. Charlton schoss zwei Tore und war neben Trainer

Matt Busby und Verteidiger Billy Foulkes der einzige Überlebende der Flugzeugkatastrophe von München, der noch in der Mannschaft stand. Der absolute Höhepunkt seiner Karriere war das Finale der Weltmeisterschaft 1966, das im heimischen Wembleystadion gegen Deutschland stattfand. Sein direkter Gegenspieler war der junge und hoch talentierte Franz Beckenbauer – beide hielten sich gegenseitig gut in Schach. Am Ende behielten die Engländer aber mit 4:2 nach Verlängerung die Oberhand. In seinem Spiel verbanden sich auf ideale Weise strategische Spielmacherqualitäten mit der Schussgewalt und Torgefährlichkeit eines klassischen Goalgetters. Noch im selben Jahr wurde Charlton zu Europas Fußballer des Jahres gewählt.
Nach 106 Länderspielen trat der stets fair und vorbildlich auftretende »Sir Bobby«, der 1994 von Queen Elizabeth II. zum Ritter geschlagen wurde, aus der Nationalmannschaft zurück. Für Manchester United erzielte er in 758 Spielen insgesamt 249 Tore.

Wolfgang Overath

Vollständiger Name: Wolfgang Overath
Geburtstag: 29. September 1943
Größe: 176 cm
Nation: Deutschland
Verein:
1. FC Köln: 1962–1977
Erfolge:
Weltmeister: 1974
Deutscher Meister: 1964
DFB-Pokalsieger: 1968, 1977
WM-Teilnehmer: 1966, 1970, 1974

Ebenso wie Netzer war Overath ein genialer Mittelfeldregisseur mit fantastischem Ballgefühl und einem untrüglichen Gespür für den Puls eines Spiels. Er bestimmte Rhythmus und Tempo, schlug aus dem Fußgelenk heraus millimetergenaue 40-Meter-Pässe, setzte seine Mitspieler kreativ in Szene und war jederzeit auch selbst torgefährlich. Für den 1. FC Köln, dessen Kapitän er von 1968 bis zum Ende seiner Laufbahn 1977

Als die Bundesliga gegründet wurde, hatte der 1. FC Köln in Deutschland den Status, den FC Bayern München heute hat. Damals haben sich die Spieler in den anderen Vereinen noch in der Garage umgezogen, da hatten wir schon das Geißbockheim.

war, gelangen ihm in 409 Partien 83 Treffer. Im Nationaldress war er in 81 Spielen 17 Mal erfolgreich.
Nach Beendigung seiner Fußballerkarriere arbeitete Overath als Repräsentant für eine deutsche Sportartikelfirma und ist seit Juni 2004 Präsident des 1. FC Köln. Für seine herausragenden sozialen Verdienste wurde ihm 2008 das Bundesverdienstkreuz verliehen.

Auf einen wie ihn konnte Bundestrainer Helmut Schön einfach nicht verzichten. An drei Weltmeistermeisterschaften nahm Wolfgang Overath teil, wurde einmal Vizeweltmeister (1966), einmal WM-Dritter (1970) und einmal Weltmeister (1974) und verpasste bei diesen drei Turnieren kein einziges Spiel. In Mexiko, 1970 schoss der Linksfuß im Spiel um den dritten Platz das entscheidende 1:0 gegen Uruguay und wurde von der internationalen Presse zum besten Mittelfeldspieler des Turniers gewählt. Lange stritt er sich mit seinem Dauerkonkurrenten Günter Netzer um die Nummer 10 im Team. Ein Zweikampf, den er nicht zuletzt wegen seines großen Kämpferherzens und seiner höheren Laufbereitschaft für sich entschied. Nur im Vorfeld der EM 1972 wurde er durch eine Verletzung zurückgeworfen und musste seinen Platz im Mittelfeld an den Mönchengladbacher abtreten.

George Best

Vollständiger Name: George Best
Geburtstag: 22. Mai 1946
Todestag: 25. November 2005
Größe: 175 cm
Nation: Nordirland
Vereine:
Manchester United: 1963–1974
Stockport County: 1975
Cork Celtic: 1975–1976
Los Angeles Aztecs: 1976, 1977, 1978
FC Fulham: 1976–1977
Fort Lauderdale Strikers: 1979, 1980
Hibernian Edinburgh: 1979–1980
San José Earthquakes: 1980–1981
AFC Bournemouth: 1983
Brisbane Lions: 1983
Tobermore United: 1984
Erfolge:
Englischer Meister: 1965, 1967
Europapokal der Landesmeister: 1968
Torschützenkönig der Premier League: 1967/68
Englands Fußballer des Jahres: 1968
Europas Fußballer des Jahres: 1968

Ich habe eine ganze Menge Geld für Alkohol, Frauen und Autos ausgegeben. Den Rest habe ich einfach verprasst.

Als George Best den Zenit seiner Laufbahn längst überschritten hatte, spielte er 1976 mit der nordirischen Nationalmannschaft gegen die Niederlande. Vor dem Spiel wurde er gefragt, ob der holländische Kapitän Johan Cruyff besser sei als er. Da lachte Best und kündigte großspurig an, Cruyff bei der erstbesten Gelegenheit zu tunneln. Nach fünf Spielminuten war es so weit: In einem scheinbar sinnlosen Manöver umkurvte Best drei Holländer, um auf die andere Seite des Spielfelds zu gelangen, schob dem verdutzten Cruyff den Ball durch die Beine – und reckte die Faust in den Himmel.
Der exzentrische Best, wegen seiner Frisur und seines ausschweifenden Lebenswandels auch als »fünfter Beatle« bezeichnet, war ein geniales Großmaul und einer der ersten Popstars des Fußballs. Im Alter von 17 Jahren erhielt er einen Profivertrag bei Manchester United und gewann in der folgenden Spielzeit seinen ersten englischen Meistertitel. Er absolvierte insgesamt 466 Pflichtspiele für Manchester United, schoss dabei 178 Tore und war sechs Spielzeiten in Folge der Topscorer seines Vereins.

Doch es waren nur wenige Jahre, in denen sich sein fußballerisches Ausnahmetalent voll entfaltete, ehe seine privaten Eskapaden, zahllose Affären sowie seine Alkohol- und Spielsucht dafür sorgten, dass er körperlich zunehmend abbaute. Nachdem er mehrmals angetrunken zum Training erschienen und oft tagelang nicht aufzufinden war, wurde er 1972 aus der ersten Mannschaft suspendiert.
Später kickte er unter anderem in der vierten englischen Liga, in Schottland, Südafrika, Australien und den USA. Das letzte seiner 37 Länderspiele für Nordirland bestritt er am 12. Oktober 1977 gegen die Niederlande.
George Best wird vor allem als Flügelstürmer und offensiver Mittelfeldspieler in Erinnerung bleiben, dessen ebenso eigensinnige wie unwiderstehliche Tempodribblings in Europa ihresgleichen suchten.
Am 3. Oktober 2005 starb George Best in einem Londoner Krankenhaus.

Günter Netzer

Vollständiger Name: Günter Theodor Netzer
Geburtstag: 14. September 1944
Größe: 178 cm
Nation: Deutschland
Vereine:
Borussia Mönchengladbach: 1963–1973
Real Madrid: 1973–1976
Grashoppers Zürich: 1976–1978
Erfolge:
Europameister: 1972
Weltmeister: 1974
Deutscher Meister: 1970, 1971
DFB-Pokalsieger: 1973
Deutschlands Fußballer des Jahres: 1972, 1973
Spanischer Meister: 1975, 1976
Spanischer Pokalsieger: 1974, 1975

Ich fand mich gut.

(Als Netzer nach einem Länderspiel für seine Leistung kritisiert wurde)

In Madrid nannten sie ihn den »blonden Engel mit den großen Füßen«. Eine Rückgratverkrümmung sowie jeweils ein O- und ein X-Bein sorgten dafür, dass der Engel mit Schuhgröße 47 nicht zum Fußballstar prädestiniert schien. Doch Günter Netzer war eben in jeder Hinsicht eine Ausnahmeerscheinung.
Er pflegte die Attitüde eines Rockstars, der nebenher eine Disko führte, Ferrari fuhr, sich extravagant kleidete und mit schönen Frauen umgab. Ein Mick Jagger des Fußballs, dessen ebenso geniales wie anarchisches Offensivspiel Ausdruck eines bestimmten Lebensgefühls zu sein schien.
Als ihn sein Trainer Hennes Weisweiler beim Pokalfinale 1973 gegen den 1. FC Köln auf der Bank schmoren ließ, riss sich Netzer während der Verlängerung plötzlich seinen Trainingsanzug herunter und stürmte mit wehenden Haaren auf das Spielfeld. Er hatte sich selbst eingewechselt, und Weisweiler ließ ihn gewähren. Drei Minuten später drosch er den Ball zum 2:1-Sieg in den Winkel.
Mit den »Königlichen« von Real feierte er je zwei spanische Meisterschaften und Pokalsiege.
Doch seinem Ruf als »Rebell« wurde er auch hier gerecht. Heimlich flog er an einem spielfreien Wochenende zu einem Konzert von Frank Sinatra nach Las Vegas. Es war Sinatras erstes Konzert seit vielen Jahren, das weltweit live im Fernsehen übertragen wurde. Da saß Netzer also mit Showgrößen wie Dean Martin und Sammy Davis Junior an einem Tisch und tauchte jedes Mal ab, wenn die Fernsehkameras in seine Richtung

schwenkten. Als später kompromittierende Bilder auftauchten, stritt er einfach alles ab. »Die hätten mich rausgeschmissen«, kommentierte er trocken.

Da seine Nationalmannschaftskarriere von verschiedenen Streitigkeiten mit Bundestrainer Helmut Schön und mehreren Rücktritten geprägt war, kam er insgesamt nur auf 37 Einsätze. Doch ist der Europameistertitel von 1972 nicht zuletzt seinen überragenden Spielmacherqualitäten zu verdanken. 1974 war er von Wolfgang Overath aus der ersten Elf verdrängt worden und kam nur beim 0:1 gegen die DDR zum Einsatz. Nach Beendigung seiner aktiven Karriere war er von 1978 bis 1986 Manager des Hamburger SV, gründete eine Werbeagentur in Zürich, handelt mit Fernsehrechten und arbeitet heute für die ARD als Fernsehkommentator.

Michel Platini

Vollständiger Name: Michel François Platini
Geburtstag: 21. Juni 1955
Größe: 178 cm
Nation: Frankreich
Vereine:
AS Nancy: 1972–1979
AS Saint-Étienne: 1979–1982
Juventus Turin: 1982–1987
Erfolge:
Europameister: 1984
Französischer Meister: 1981
Französischer Pokalsieger: 1978
Italienischer Meister: 1984, 1986
Italienischer Pokalsieger: 1983
Europapokal der Pokalsieger: 1984
Europapokal der Landesmeister: 1985
Weltpokal-Sieger: 1985
Französischer Fußballer des Jahres: 1976, 1977
Europas Fußballer des Jahres: 1983, 1984, 1985
Torschützenkönig der Serie A: 1983, 1984, 1985

Wenn es um die berühmtesten »Zehner« im Weltfußball geht, dann darf der Name Michel Platini nicht fehlen. Er gehört zu den elegantesten wie dynamischsten Spielgestaltern aller Zeiten und war – neben Maradona und Zico – auch der torgefährlichste von ihnen. Mit seinen überragenden Freistoßqualitäten und seinem Torinstinkt konnte er es mit allen »hauptberuflichen« Goalgettern aufnehmen. In drei aufeinanderfolgenden Jahren war er Torschützenkönig der italienischen Serie A, schoss in 72 Länderspielen 41 Tore und wurde Torschützenkönig der EM 1984, bei der ihm in fünf Spielen sage und schreibe neun Treffer gelangen, darunter ein lupenreiner Hattrick gegen Jugoslawien. (Auf dem zweiten Platz der Torjägerliste folgte der Däne Frank Arnesen mit drei Treffern.) Als bislang einziger Spieler wurde er drei Mal in Folge zu Europas Fußballer des Jahres gewählt.

Allerdings sorgten deutsche Mannschaften dafür, dass seine Titelsammlung nicht noch beeindruckender wurde, als sie ohnehin schon ist. Bei der WM 1982 unterlag Frankreich nach einem hochdramatischen Match Deutschland im Elfmeterschießen. Vier Jahre später scheiterten die favorisierten Franzosen erneut im Halbfinale mit 0:2 an Deutschland, und im Finale des Europapokals der Landesmeister 1983 verlor Platini mit Juventus Turin mit 0:1 gegen den Hamburger SV. Seine Blütezeit im Vereinsfußball erlebte der französische Enkel italienischer Auswanderer im Trikot von Juventus Turin. Mit der »alten Dame«

Wenn die Deutschen gut spielen, dann werden sie Weltmeister, wenn sie schlecht spielen, kommen sie ins Finale.

heimste er innerhalb von fünf Jahren einen Titel nach dem anderen ein, gewann zwei nationale Meisterschaften, eine Coppa Italia, einen Europapokal der Pokalsieger, einen europäischen Supercup sowie die Champions League und den Weltpokal.
Nachdem er seine Fußballschuhe an den Nagel gehängt hatte, betreute er von 1988 bis 1992 als Teamchef die französische Nationalmannschaft.
Im Januar 2007 wurde Michel Platini, der bei der Wahl der besten Fußballer aller Zeiten auf Rang sieben landete, zum Präsidenten der UEFA gewählt und ist damit einer der einflussreichsten Funktionäre des internationalen Fußballs.

Diego Maradona

Vollständiger Name:
Diego Armando Maradona
Geburtstag: 30. Oktober 1960
Größe: 165 cm
Homepage: www.diegomaradona.com
Nation: Argentinien
Vereine:
Argentinos Juniors: 1976–1981
Boca Juniors: 1981–1982
FC Barcelona: 1982–1984
SSC Neapel 1984–1991
FC Sevilla: 1992–1993
CA Newell's Old Boys: 1993
Boca Juniors: 1995–1997

Erfolge:
Weltmeister: 1986
Argentinischer Meister: 1981
Spanischer Pokalsieger: 1983
Italienischer Meister: 1987, 1990
Italienischer Pokalsieger: 1987
UEFA-Cup-Sieger: 1989
Argentiniens Fußballer des Jahres: 1979, 1980, 1981, 1986
Südamerikas Fußballer des Jahres: 1979, 1980, 1986, 1989, 1990, 1992
Bester Spieler der WM: 1986
Weltfußballer des Jahres: 1986

Es war die Hand Gottes.

(Auf die Frage, ob er das Tor gegen England mit der Hand erzielt habe)

Als fünftes von acht Kindern kam Diego Maradona 1960 in einem Elendsviertel von Buenos Aires zur Welt. Ab 1969 kickte er in der Jugendabteilung der Argentinos Juniors für die sogenannten Cebollitas (Zwiebelchen) und entwickelte sich in solchem Tempo zu einem Klassespieler, dass er noch als 15-Jähriger sein Erstligadebüt feierte und mit 16 von César Luis Menotti in die argentinische Nationalmannschaft berufen wurde. Allerdings hat er es nie verwunden, nicht für die Weltmeisterschaft im eigenen Land 1978 berücksichtigt zu werden, weil Menotti ihn für zu jung hielt.

Zu einem Weltstar entwickelte er sich in den 80er-Jahren. Nachdem er in Barcelona nicht glücklich wurde, wechselte er im Juli 1984 völlig überraschend zum italienischen Abstiegskandidaten SSC Neapel, gewann mit diesem 1987 sensationell das Double (Meisterschaft und Pokal) und 1987 den UEFA-Cup. Für Neapel, wo Maradona auch heute noch wie ein Heiliger verehrt wird, waren es die goldenen Jahres des Fußballs, ehe es mit dem Verein wieder bergab ging.

Die Sternstunde seiner Karriere erlebte er beim Viertelfinale der WM 1986 gegen England, in dem ihm zwei unvergessliche Tore gelangen. Beim 1:0 täuschte er einen Kopfball vor, boxte den Ball jedoch mit der Hand ins Tor. Maradona meinte später, es sei eine Zusammenarbeit zwischen dem Kopf Maradonas und der »Hand Gottes« gewesen. Nur vier Minuten später setzte er in der eigenen Hälfte zu einem rasanten Sololauf an, ließ durch geschickte Körpertäuschungen sechs Engländer ins Leere laufen, spielte am Ende noch den englischen Torhüter aus und schob den Ball ins Tor. Die FIFA wählte diesen Treffer zum »Tor des Jahrhunderts«. Genau eine Woche später konnte Maradona nach dem 3:2-Endspielsieg gegen Deutschland den Weltmeisterpokal in Empfang nehmen.

Zu Beginn der 90er-Jahre häuften sich die Skandale. Mehrfach wurde ihm der Konsum von Kokain nachgewiesen. Er wurde gesperrt, machte eine Entziehungskur. Während seiner vierten Weltmeisterschaft 1994 wurde er wegen Dopings vom Turnier ausgeschlossen. Im Jahr 2000 erlitt der inzwischen stark übergewichtige Maradona einen schweren Herzinfarkt. Später ließ er sich operativ den Magen verkleinern. Doch Maradona erwies sich immer wieder als Stehaufmännchen. Seit 2008 ist er argentinischer Nationaltrainer.

Zico

Vollständiger Name: Artur Antunes Coimbra
Geburtstag: 3. März 1953
Größe: 173 cm
Homepage: www.ziconarede.com.br
Nation: Brasilien
Vereine:
Flamengo Rio de Janeiro: 1971–1983
Udinese Calcio: 1983–1985
Flamengo Rio de Janeiro: 1985–1989
Kashima Antlers: 1991–1994
Erfolge:
Brasilianischer Meister: 1980, 1982, 1983, 1987
Copa-Libertadores-Sieger: 1981
Weltpokal-Sieger: 1981
Italiens Fußballer des Jahres: 1984
Südamerikas Fußballer des Jahres: 1977, 1981, 1982
Weltfußballer des Jahres: 1983
Torschützenkönig für Flamengo: 508 Tore
Torschützenkönig im Maracanã-Stadion: 333 Tore

Zico war der beste und kompletteste Spieler, den ich jemals auf einem Fußballfeld gesehen habe.

Muricy Ramalho, Trainer des FC São Paulo

Den »Weißen Pelé« nannten sie ihn. Zico war einer der beliebtesten und erfolgreichsten brasilianischen Spielmacher überhaupt. Er verbrachte fast seine gesamte Karriere bei seinem Heimatverein Flamengo Rio de Janeiro, absolvierte zwischen 1976 und 1986 insgesamt 88 Länderspiele und erzielte dabei 66 Tore.
Berühmt waren vor allem seine perfekten Freistöße aus 18 bis 30 Metern, die er reihenweise verwandelte. Wohin er auch kam, seine Torquote war – zumal für einen Mittelfeldspieler – höchst erstaunlich: Für Flamengo erzielte er in 765 Spielen 568 Tore, für Udinese Calcio gelangen ihm bei 79 Einsätzen 57 Treffer, und in der japanischen J-League, in die er im reifen Alter von 38 Jahren wechselte, war er für die Kashima Antlers in 88 Spielen 54 Mal erfolgreich.
Er nahm an drei Weltmeisterschaften teil, schaffte es jedoch nie, den Titel zu gewinnen. Das »Dream Team« von 1982 hält Zico im Nachhinein für die beste Seleção aller Zeiten, besser noch als die Wundermannschaft um Pelé von 1970. Das magische Mittelfeld-Quartett Zico-Sócrates-Falcão-Cerezo – auch die »Fantastischen Vier« genannt – spielte damals den schönsten und elegantesten Fußball der Welt. Doch weil man sich gegen den späteren Weltmeister Italien nicht mit einem Unentschieden zufriedengeben mochte, das zum Weiterkommen gereicht hätte, setzte man alles auf eine Karte und verlor schließlich mit 2:3. Alle italienischen Tore schoss Paolo Rossi.
Nach Beendigung seiner aktiven Karriere wechselte Zico auf die Trainerbank und betreute unter anderem die japanische Nationalmannschaft, Fenerbahçe Istanbul und ZSKA Moskau.

Carlos Valderrama

Vollständiger Name:
Carlos Alberto Valderrama Palacio
Geburtstag: 2. September 1961
Größe: 177 cm
Nation: Kolumbien
Vereine:
Millonarios Bogotá: 1984
Deportivo Cali: 1985–1988
Montpellier HSC: 1988–1990
Real Valladolid: 1990–1992
Independiente Medellín: 1992
Atlético Junior: 1993–1996
Tampa Bay Mutiny: 1996–1997
Miami Fusion: 1998–1999
Tampa Bay Mutiny: 1999–2001
Colorado Rapids: 2001–2002
Erfolge:
Kolumbianischer Meister: 1987, 1988
Französischer Pokalsieger: 1990
Südamerikas Fußballer des Jahres: 1987, 1993
WM-Teilnehmer: 1990, 1994, 1998

Das da vorn, was aussieht wie eine Klobürste, ist Valderrama.

Bela Rethy

Carlos Alberto Valderrama Palacio gilt als bester kolumbianischer Spieler aller Zeiten. Er bestritt drei Weltmeisterschaften und wurde zwei Mal zum besten Fußballer Südamerikas gekürt, obwohl auch Stars wie Zico oder Maradona zur Wahl standen.

In Erinnerung ist Valderrama, der auch »El Pibe« (Der Junge) genannt wurde, unter anderem durch seine künstlichen blonden Locken geblieben, die in alle Richtungen von seinem Kopf abstanden. Er war einer der bestimmenden Spielmacher seiner Zeit, der sich mit hervorragender Technik, aber auch großen Gesten in Szene zu setzen wusste. Als unbestrittener Chef des kolumbianischen Nationalteams absolvierte er insgesamt 111 Länderspiele, bei denen er elf Tore erzielte. Bei der WM 1990 in Italien war er neben Kulttorhüter René Higuita der Star der kolumbianischen Mannschaft, die erstmals an einer Weltmeisterschaft teilnahm und sich sensationell bis ins Viertelfinale vorkämpfte. Dass er über die Fähigkeit des tödlichen Passes verfügte, zeigte er auch im Vorrundenspiel gegen Deutschland, in dem er mehrere Gegenspieler umdribbelte, ehe er seinen Mannschaftskameraden Rincon einsetzte, der zum 1:1-Endstand traf.

Bei der WM 1994 galt Kolumbien als Geheimfavorit, nicht zuletzt, weil man die Argentinier in der Qualifikation mit 5:0 vom Platz gefegt hatte. Doch die Mannschaft enttäuschte auf ganzer Linie und schied bereits in der Vorrunde aus. Abwehrspieler Andres Escobar musste sein Eigentor im entscheidenden Gruppenspiel mit dem Leben bezahlen und wurde in Medellín erschossen.

Zu Ehren Valderramas, bei dessen Abschiedsspiel 2004 unter anderem Diego Maradona und José Luis Chilavert teilnahmen, wurde in seiner Heimatstadt Santa Marta eine riesige Statue errichtet.

Lothar Matthäus

Wir dürfen jetzt nur nicht den Sand in den Kopf stecken.

Vollständiger Name: Lothar Herbert Matthäus
Geburtstag: 21. März 1961
Größe: 174 cm
Homepage: www.lotharmatthaeus.de
Nation: Deutschland
Vereine:
Borussia Mönchengladbach: 1979–1984
FC Bayern München: 1984–1988
Inter Mailand: 1988–1992
FC Bayern München: 1992–2000
NY/NJ Metro Stars 2000
Erfolge:
Europameister: 1980
Weltmeister: 1990
Deutscher Meister: 1985, 1986, 1987, 1994, 1997, 1999, 2000
DFB-Pokalsieger: 1986, 1998
UEFA-Cup-Sieger: 1991, 1996
Italienischer Meister: 1989
Deutscher Fußballer der Jahres: 1990, 1999
Europas Fußballer des Jahres: 1990
Weltfußballer der Jahres: 1990, 1991
Ehrenspielführer der deutschen Nationalmannschaft

Eine der Spezialitäten des Lothar Matthäus waren seine unhaltbaren Elfmeter. Nur im DFB-Pokalfinale 1984 jagte er den Ball als letzter Schütze der Mönchengladbacher über den Kasten und schenkte den Bayern so den Pokal. Das Pikante daran: Sein Wechsel zum Dauerkonkurrenten von der Isar stand bereits fest.
Aus heutiger Sicht gehört dieser verschossene Strafstoß zu den vielen Randnotizen einer der erfolgreichsten Fußballerkarrieren überhaupt. Eine Karriere, die Mitte der 80er-Jahre in München so richtig in Fahrt kam. Als Mittelfeldmotor sammelte er mit dem FC Bayern mehrere nationale Titel, verlor jedoch das Champions-League-Finale 1987 gegen den FC Porto mit 1:2.
1988 wechselte Matthäus für sieben Millionen D-Mark zu Inter Mailand, wo er unter Trainer Giovanni Trapattoni zusammen mit Andreas Brehme und Jürgen Klinsmann eine überaus erfolgreiche deutsche Achse bildete. Von dieser Achse profitierte auch die deutsche Nationalmannschaft, die 1990 in Italien den Titel holte. Es sollte Matthäus' Turnier werden. Als Kapitän war er der unumstrittene Kopf der Mannschaft und einer der großen Stars der WM. Unnachahmlich waren sein explosiver Antritt und seine Tempodribblings, mit denen er die gegnerische Verteidigung aufriss. Zwei solcher Vorstöße nutzte er selbst zu spektakulären Treffern gegen Jugoslawien.
Die Technik und Kreativität großer Mittelfeldregisseure wie Zico, Platini oder Zidane mögen ihm gefehlt haben, doch seine umfassende Präsenz auf dem Platz, seine Instinktsicherheit im Erfassen der jeweiligen Spielsituation und seine dynamische Handlungsschnelligkeit versetzten ihn in die Lage, dem Spiel seinen Stempel aufzudrücken. Die zweimalige Ernennung zum Weltfußballer des Jahres spricht für sich.
Er war bereits im 40. Lebensjahr, als er das letzte seiner 150 Länderspiele bestritt, und ist der einzige Feldspieler, der an fünf WM-Turnieren teilnahm. Nach Beendigung seiner aktiven Laufbahn schlug Matthäus rasch die Trainerkarriere ein, betreute die Nationalmannschaft von Ungarn sowie Teams in Österreich, Serbien, Brasilien und Israel.

Ruud Gullit

Vollständiger Name: Ruud Dil Gullit
Geburtstag: 1. September 1962
Größe: 190 cm
Nation: Niederlande, Suriname
Vereine:
HFC Harlem: 1979–1982
Feyenoord Rotterdam: 1982–1985
PSV Eindhoven: 1985–1987
AC Mailand: 1987–1993
Sampdoria Genua: 1993–1994
AC Mailand: 1994
Sampdoria Genua: 1995
FC Chelsea: 1995–1998
Erfolge:
Europameister: 1988
Niederländischer Pokalsieger: 1984
Holländischer Meister: 1984, 1986, 1987
Italienischer Meister: 1988, 1992, 1993
Italienischer Pokalsieger: 1994
Champions-League-Sieger: 1989, 1990
Weltpokal-Sieger: 1989, 1990
Hollands Fußballer des Jahres: 1984, 1986
Europas Fußballer des Jahres: 1987
Weltfußballer des Jahres: 1987, 1989

Ich wollte ein Zeichen setzen. Rassentrennung wie früher in Südafrika ist etwas Hässliches.

Ebenso wie Frank Rijkaard, Edgar Davids, Clarence Seedorf, Ryan Babel oder Nigel de Jong gehört Ruud Gullit zu den vielen niederländischen Fußballern, die familiäre Wurzeln in der ehemaligen holländischen Kolonie Suriname in Südafrika haben. Sein Vater George Gullit spielte für die surinamische Nationalmannschaft.
In den 80er- und 90er-Jahren trat er nicht nur als einer der weltbesten Offensivspieler, sondern auch als Kämpfer gegen den Rassismus in Erscheinung. Als er 1987 zum ersten Mal zum Weltfußballer des Jahres gewählt wurde, widmete er diesen Preis dem inhaftierten südafrikanischen Bürgerrechtler und späteren Staatspräsidenten Nelson Mandela.
Aufgrund seiner dunklen Rasta-Zöpfe in Holland als »schwarze Tulpe« bezeichnet, erlebte der ebenso elegante wie athletische Gullit seine Glanzzeit beim AC Mailand. Gemeinsam mit Franco Baresi sowie seinen Landsleuten Frank Rijkaard und Marco van Basten gehörte er zu den dominierenden Spielern der damaligen europäischen Ausnahmemannschaft und gewann zwei Mal in Folge die Champions League sowie den Weltpokal.
Sein größter Erfolg mit der Nationalmannschaft war der Gewinn der Europameisterschaft 1988 unter Trainer Rinus Michels. Im Finale von München wurde die Sowjetunion mit 2:0 bezwungen, wobei Gullit den ersten Treffer erzielte.
Nach Beendigung seiner aktiven Karriere wurde er zunächst Spielertrainer beim FC Chelsea und 1987 als jüngster Trainer in der Geschichte des englischen Fußballs englischer Pokalsieger.

Rivaldo

Auch mit seinen 37 Jahren ist Rivaldo immer noch ein Superstar, allerdings in der usbekischen Liga. Seit dem Jahr 2008 kickt er an der Seite seines Landsmanns Luizao für den usbekischen Meister Bunjokdor Taschkent und wird von keinem Geringeren als Felipe Scolari trainiert. Gegen Metallurg Bekabad gelang dem Weltfußballer von 1999 im Juli 2009 ein lupenreiner Hattrick, und gegen Sogdiana benötigte er für seine vier Treffer ganze 17 Minuten. Rivaldo Vítor Borba Ferreira stammt aus ärmsten Verhältnissen, war ein Straßenkind, das auf dem Bürgersteig Limonade verkaufte, um für die Familie etwas hinzuzuverdienen. Verglichen mit dem kometenhaften Aufstieg anderer Weltstars wie Maradona oder Pelé brauchte er die kontinuierliche Entwicklung mehrerer Jahre, um den endgültigen Durchbruch zu schaffen.

Vollständiger Name:
Rivaldo Vítor Borba Ferreira
Geburtstag: 19. April 1972
Größe: 186 cm
Homepage: www.rivaldo-10.gr
Nation: Brasilien
Bisherige Vereine:
Paulista FC: 1990–1991
Santa Cruz FC: 1992
Mogi Mirim Esporte Clube: 1993
Corinthians São Paulo: 1994–1996
Palmeiras São Paulo: 1994–1996
Deportivo La Coruña: 1996–1997
FC Barcelona: 1997–2002
AC Mailand: 2002–2003
Cruzeiro Belo Horizonte: 2004
Olympiakos Piräus: 2004–2007
AEK Athen: 2007–2008
Bunjokdor Taschkent: seit 2008
Bisherige Erfolge:
Weltmeister: 2002
Copa-América-Sieger: 1999
Brasilianischer Meister: 1984
Spanischer Meister: 1998, 1999
Spanischer Pokalsieger: 1998
Italienischer Pokalsieger: 2003
Champions-League-Sieger: 2003
Griechischer Meister: 2005, 2006, 2007
Griechischer Pokalsieger: 2005, 2006
Usbekischer Meister: 2008
Usbekischer Pokalsieger: 2008
Brasiliens Fußballer des Jahres: 1993, 1994
Europas Fußballer des Jahres: 1999
Weltfußballer: 1999

Wir werden unsere Herzen in die Schuhspitzen legen.

(Rivaldo vor dem Viertelfinale gegen England bei der WM 2002)

Nachdem Rivaldo seine ersten Profijahre bei verschiedenen Klubs in der brasilianischen Liga verbracht hatte, wechselte er 1996 zu Deportivo La Coruña in die Primera División. Dort erzielte er als Stürmer 21 Saisontore und wechselte schon im nächsten Jahr zum großen FC Barcelona, wo er die Nachfolge seines Landsmanns Ronaldo antrat, allerdings später ins offensive Mittelfeld wechselte. Dort entwickelte er sich zu einem der weltbesten und torgefährlichsten Spielmacher der folgenden Jahre, der auch ein erstklassiger Freistoßschütze war und in der Nationalmannschaft gemeinsam mit Ronaldo und Ronaldinho das wohl beste Offensivtrio der Welt bildete. Bei den Weltmeisterschaften 1998 und 2002 wurde er jeweils ins All-Star-Team berufen.

Pavel Nedvěd

Vollständiger Name: Pavel Nedvěd
Geburtstag: 30. August 1972
Größe: 177 cm
Homepage: www.pavelnedved.cz
Nation: Tschechien
Vereine:
TJ Škoda Plzeň: 1990–1991
Dukla Tábor: 1991
Dukla Prag: 1991–1992
Sparta Prag: 1992–1996
Lazio Rom: 1996–2001
Juventus Turin: 2001–2009
Erfolge:
Tschechischer Meister: 1993, 1994, 1995
Tschechischer Pokalsieger: 1996
Italienischer Meister: 2000, 2003, 2004
Italienischer Pokalsieger: 1998, 2000
Europapokal der Pokalsieger: 1999
Tschechiens Fußballer des Jahres: 1998, 2000, 2003, 2004
Italiens Fußballer des Jahres: 2003
Europas Fußballer des Jahres: 2003
Bester Mittelfeldspieler der Champions League: 2003

Früher musste ich fast 100 Kilometer weit zum Training fahren und habe zwölf Stunden am Tag beide Füße trainiert, bis ich nicht mehr wusste, welcher der stärkere war.

Er war eines der größten Laufwunder des internationalen Fußballs. Manchmal schien er seine Gegner einfach in Grund und Boden rennen zu wollen, während seine lange, blonde Mähne hinter ihm herflatterte. Nicht zuletzt diese enorme Einsatzbereitschaft war es, die Pavel Nedvěd an jeder Station seiner Karriere rasch zum Publikumsliebling werden ließ.
Bei Lazio Rom entwickelte sich der ebenso laufstarke wie torgefährliche Tscheche, der ein absoluter Freistoßspezialist war, zu einem der besten offensiven Mittelfeldspieler seiner Zeit und verhalf dem römischen Traditionsklub zu drei Titeln (Europapokal der Pokalsieger, Meisterschaft und Pokal).
Kein Wunder, dass Juventus Turin gerade ihn im Visier hatte, als es im Sommer 2001 darum ging, den zu Real Madrid abgewanderten Superstar Zinédine Zidane zu ersetzen. Mit 41,2 Millionen Euro strichen die Römer eine der höchsten Ablösesummen ein, die bis dahin weltweit gezahlt worden waren. Mit Juve unter Marcello Lippi gewann er seine italienischen Meisterschaften zwei und drei und wurde als zweiter Tscheche nach seinem Landsmann Josef Masopust (1962) zum besten Spieler Europas gewählt.
Die mit dem neuen Trainer Fabio Capello errungenen Meisterschaften der Jahre 2005 und 2006 wurden Juventus im Zuge des Manipulationsskandals aberkannt. Für das Jahr 2005 wurde kein Titel vergeben, die Meisterschaft 2006 nachträglich Inter Mailand zugesprochen. Doch Nedvěd hielt seinem Verein die Treue und schaffte nach dem Zwangsabstieg in die Serie B unter dem neuen Trainer Didier Dechamps den sofortigen Wiederaufstieg.
Als Nationalspieler absolvierte er insgesamt 91 Länderspiele und bestritt das Finale der EM 1996, unterlag jedoch durch Oliver Bierhoffs Golden Goal mit 1:2 gegen Deutschland. Im Sommer 2009, als sein Vertrag in Turin auslief, beendete der bescheidene und charismatische Tscheche seine Fußballerkarriere.

Luís Figo

Vollständiger Name:
Luís Filipe Madeira Caeiro Figo
Geburtstag: 4. November 1972
Größe: 180 cm
Nation: Portugal
Vereine:
Sporting Lissabon: 1989–1995
FC Barcelona: 1995–2000
Real Madrid: 2000–2005
Inter Mailand: 2005–2009
Erfolge:
Portugiesischer Pokalsieger: 1995
Spanischer Meister: 1998, 1999, 2001, 2003
Spanischer Pokalsieger: 1997, 1998
Europapokal der Pokalsieger: 1997
Champions-League-Sieger: 2002
Weltpokal-Sieger: 2002
Italienischer Meister: 2006, 2007, 2008, 2009
Italienischer Pokalsieger: 2006
Portugals Fußballer des Jahres: 1995, 1996, 1997, 1998, 1999, 2000
Europas Fußballer des Jahres: 2000
Weltfußballer des Jahres: 2001

Angst? Ich? Wissen Sie, es gibt ein portugiesisches Sprichwor

Nou Camp im November 2002: Als Luís Figo eine Viertelstunde vor Spielende einen Eckball für Real Madrid treten wollte, verloren die Anhänger des FC Barcelona endgültig die Beherrschung. Wurfgeschosse aller Art flogen dem portugiesischen Superstar entgegen, darunter faules Obst, Feuerzeuge, Colaflaschen, Billardkugeln, ein Handy und – ein Schweinekopf!
Figo flüchtete in den Mittelkreis, das Spiel wurde für zehn Minuten unterbrochen. Der Schweinekopf zierte am nächsten Tag die Titelseiten aller Zeitungen.
In Barcelona hatte der blendend aussehende Luís mit dem melancholischen Blick Kultstatus besessen, sich zu einem der besten Rechtsaußen aller Zeiten entwickelt und in 172 Spielen 30 Tore erzielt. Dass die abgöttische Liebe der katalanischen Fans in abgrundtiefen Hass umschlug, lag daran, dass er im Jahr 2000 für die damalige Rekordablösesumme von 58 Millionen Euro ausgerechnet zum Erzrivalen aus der spanischen Hauptstadt gewechselt war.
Mit den »Galaktischen« von Real Madrid hamsterte er an der Seite von Zinédine Zidane, David Beckham, Raúl und Ronaldo weitere Titel, wurde 2001 zum besten Spieler der Welt gewählt und gewann ein Jahr später die Champions League und den Weltpokal.
In seinem Heimatland Portugal war er zu diesem Zeitpunkt bereits sechs Mal in Folge Fußballer

Wenn du Angst hast, dann kauf dir einen Hund!

des Jahres gewesen und konnte es mit der Popularität der Fußballerlegende Eusébio aufnehmen. Die portugiesische Nationalmannschaft führte er zur Vize-Europameisterschaft 2004 und einem vierten Platz bei der WM 2006.

Die letzte Station seiner Vereinskarriere wurde Inter Mailand. Für den erfolgsverwöhnten Figo kein Grund, mit dem Titelsammeln aufzuhören. Vier Jahre lang trug er das blau-schwarz gestreifte Trikot des lombardischen Traditionsklubs und wurde genauso oft italienischer Meister, ehe er seine Fußballschuhe im Sommer 2009 endgültig an den Nagel hängte.

Zinédine Zidane

Berlin, 9. Juli 2006. WM-Finale zwischen Italien und Frankreich, 110. Spielminute: Nachdem sich Zinédine Zidane und sein Gegenspieler Marco Materazzi ein kurzes Wortgefecht geliefert haben, nimmt »Zizou« ein paar Schritte Anlauf und rammt dem Italiener mit voller Wucht seinen kahlen Schädel gegen den Brustkorb.
Es war der krachende Schlusspunkt einer der größten Karrieren des Weltfußballs. Schon vor dem Finale war klar gewesen, dass es das letzte Spiel des von jeher zwischen Schweigsamkeit und Jähzorn pendelnden französischen Superstars werden würde. Als seine Mitspieler sich wenig später ihre Silbermedaillen abholen, sitzt Zizou einsam und traurig in der Kabine. Wieder einmal – ein letztes Mal – hatte er die Kontrolle über sich verloren, und Erinnerungen wurden wach an das Champions-League-Spiel im Jahr 2001 gegen den HSV, als er für seinen Kopfstoß gegen den Hamburger Jochen Kientz ebenfalls Rot gesehen hatte.
Nach dem WM-Finale hat Materazzi zugegeben, Zidanes Schwester obszön beleidigt zu haben. Der Größe von Zizous Karriere sowie seinem Stellenwert als einer der genialsten und kreativsten Mittelfeldstrategen aller Zeiten tut dieses Foul keinen Abbruch. Als Sohn algerischer Einwanderer in Marseille geboren, wuchs er mit seinen vier Geschwistern im Problemviertel La Castellane auf. Vom AS Cannes wechselte er 1992 für vier Jahre zu Girondins Bordeaux, wo er bereits mit seinen späteren Nationalmannschaftskollegen Bixente Lizarazu und Christophe Dugarry zusammenspielte.
Bei Juventus Turin reifte er zum Weltklassespieler, führte die Équipe Tricolore 1998 zum Weltmeistertitel und heuerte im Jahr 2001 für die damalige Rekordablösesumme von 73,5 Millionen Euro bei Real Madrid an. Ein von ihm mitverfasstes Buch trägt den Titel: *Der mit dem Ball tanzt.* Besser lässt sich sein Stil nicht beschreiben.

Vollständiger Name: Zinédine Yazid Zidane
Geburtstag: 23. Juni 1972
Größe: 185 cm
Homepage: www.zidane.fr
Nation: Frankreich, Algerien
Vereine:
AS Cannes: 1988–1992
Girondins Bordeaux: 1992–1996
Juventus Turin: 1996–2001
Real Madrid: 2001–2006
Erfolge:
Weltmeister: 1998
Europameister: 2000
Champions-League-Sieger: 2002
Weltpokal-Sieger: 1996, 2002
Italienischer Meister: 1997, 1998
Spanischer Meister: 2003
Bester Mittelfeldspieler der Champions League: 1998
Bester Spieler der Champions League: 2002
Frankreichs Fußballer des Jahres: 1998, 2002
Europas Fußballer des Jahres: 1998
Weltfußballer des Jahres: 1998, 2000, 2003

Normalerweise treibt ein Spieler den Ball vor sich her, Zidanes Füße dagegen schweben über dem Ball.

Enzo Francescoli, uruguayischer Spielmacher bei Olympique Marseille

David Beckham

David hat den besten rechten Fuß der Welt.

Sven-Göran Eriksson

Wer sich mit dem besonderen Image des Ausnahmekickers David Beckham vertraut machen will, der sollte zunächst einen Blick auf seine Homepage werfen. Unmittelbar nach der Auflistung seiner sportlichen Erfolge kann man dort unter der Rubrik »Lifestyle« die modischen Vorstellungen Beckhams kennenlernen, seine Tattoos in Augenschein nehmen und all die Frisuren betrachten, die er in den letzten Jahren getragen hat. Wer sich dermaßen als Stilikone vermarktet, der muss allerdings aufpassen, als Fußballer noch ernst genommen zu werden. Anfangs fiel das nicht schwer. Schon als Jugendlicher besuchte er eine von Bobby Charltons Fußballschulen in Manchester und gehörte in der Jugendabteilung von Manchester United zu einer Gruppe von hoch talentierten Spielern, die 1992 den FA Youth Cup gewannen. Kurz darauf unterschrieb er seinen ersten Profivertrag und etablierte sich in den nächsten Jahren als Stammspieler, der vor allem für seine direkt getretenen Freistöße und gefährlichen Flanken berühmt

Vollständiger Name:
David Robert Joseph Beckham
Geburtstag: 2. Mai 1975
Größe: 183 cm
Homepage: www.davidbeckham.com
Nation: England
Bisherige Vereine:
Manchester United: 1992–2003
Real Madrid: 2003–2007
Los Angeles Galaxy: seit 2007
AC Mailand (ausgeliehen): Januar bis Juni 2009
Bisherige Erfolge:
Englischer Meister: 1996, 1997, 1999, 2000, 2001, 2003
Englischer Pokalsieger: 1996, 1999
Champions-League-Sieger: 1999
Weltpokal-Sieger: 1999
Spanischer Meister: 2007
Bester Mittelfeldspieler der Champions League: 1999
UEFA-Fußballer des Jahres: 1999

wurde und in 266 Premier-League-Spielen 61 Tore schoss. 1999 gehörte er zu den Stützen der Mannschaft, die als erstes und einziges englisches Team überhaupt das Triple von Meisterschaft, Pokal und Champions League gewinnen konnte. Beide Tore, die den »Red Devils« in der Nachspielzeit den späten Triumph über den FC Bayern bescherten, kamen nach Eckbällen von David Beckham zustande. Aufgrund seiner überragenden Leistungen belegte er bei der Wahl zum Weltfußballer des Jahres 1999 den zweiten Platz hinter dem Brasilianer Rivaldo.
Als er im Jahr 2003 zu Real Madrid wechselte, hatte man dort bereits sein enormes Vermarktungspotenzial erkannt, das sich durch seine Ehe mit dem britischen Popstar Victoria Beckham noch steigerte. Die Fan-Trikots mit seinem Namen waren bereits nach einem Tag ausverkauft. In sportlicher Hinsicht fällt seine Bilanz bei den »Königlichen« mit einem einzigen spanischen Meistertitel im Jahr 2007 eher mager aus.
Zur Saison 2007/2008 wechselte er zu Los Angeles Galaxy in die USA und ließ sich im Januar 2009 für ein halbes Jahr an den AC Mailand ausleihen. Für das englische Nationalteam absolvierte er bislang 110 Länderspiele und wird in dieser Hinsicht nur von der Torhüterlegende Peter Shilton übertroffen, der es auf 125 Einsätze brachte.

Michael Ballack

Michael Ballack ist der einzige deutsche Feldspieler, dem man in den letzten Jahren den Rang eines Weltstars zugeschrieben hat. Nachdem er im Jahr 1998 mit dem 1. FC Kaiserslautern sensationell deutscher Meister geworden war (als erster Aufsteiger in der Geschichte der Bundesliga), gelang ihm 2002 sein internationaler Durchbruch. Mit Bayer Leverkusen spielte er eine starke Champions-League-Saison und musste sich erst im Finale Real Madrid mit 1:2 geschlagen geben. Anschließend wurde er von der UEFA zum besten Mittelfeldspieler Europas gewählt. Auch bei der im selben Jahr stattfindenden WM war er neben Oliver Kahn der herausragende deutsche Spieler, schoss jeweils das einzige Tor bei den 1:0-Siegen gegen die USA und Südkorea, verpasste aber das Finale wegen einer Gelbsperre.

Mit dem FC Bayern gewann er in den folgenden vier Spielzeiten drei Mal das »Double« (Meisterschaft und Pokal) und festigte in dieser Zeit seinen Ruf, einer der effektivsten und kopfballstärksten Mittelfeldspieler der Welt zu sein, der zudem über einen beidfüßig harten Schuss verfügt.

Vollständiger Name: Michael Ballack
Geburtstag: 26. September 1976
Größe: 189 cm
Homepage: www.michael-ballack.com
Nation: Deutschland
Bisherige Vereine:
Chemnitzer FC: 1995–1997
1. FC Kaiserslautern: 1997–1999
Bayer 04 Leverkusen: 1999–2002
FC Bayern München: 2002–2006
FC Chelsea: seit 2006
Bisherige Erfolge:
Deutscher Meister: 1998, 2003, 2005, 2006
DFB-Pokalsieger: 2003, 2005, 2006
Englischer Pokalsieger: 2007, 2009
Fußballer des Jahres: 2002, 2003, 2005
Bester Mittelfeldspieler der Champions League: 2002
Berufung in das All-Star-Team der WM 2002 und 2006 sowie der EM 2004 und 2008

Ich habe keine Rituale – bis auf die Sachen, die man immer gleich macht.

Da er beim FC Chelsea eine größere Chance sah, den ersehnten Champions-League-Titel zu gewinnen, wechselte er zur Saison 2006 ablösefrei von München nach London, konnte sich seinen Traum von der europäischen Krone im Vereinsfußball aber bisher nicht erfüllen. In der Saison 2007/2008 erreichte er mit Chelsea das Finale in der Champions League, verlor aber mit 5:6 nach Elfmeterschießen gegen Manchester United.

Vor allem wegen der Niederlagen in den beiden Champions-League-Endspielen von 2002 und 2008 sowie der verlorenen Finalspiele bei der WM 2002 und der EM 2008 haftet Michael Ballack heute ein wenig der Ruf des »ewigen Zweiten« an, dem der ganz große Erfolg bislang verwehrt blieb.

Juan Riquelme

Juan Román Riquelme ist zweifellos einer der kreativsten Mittelfeldstrategen der Welt. Ein klassischer Regisseur von überragender Spielintelligenz, der das Zentrum des Feldes dominiert, den tödlichen Pass beherrscht wie kaum ein Zweiter und selbst ein gefürchteter Freistoßschütze ist.

Doch gilt der sensible, zur Melancholie neigende Argentinier auch als stimmungsabhängig und unbeständig. Wenn ihn die Schwermut packt, dann scheint »Romy«, wie ihn seine Fans nennen, lustlos über das Spielfeld zu traben und sich zu keinem Geniestreich aufraffen zu können.

In Südamerika war Riquelme, der wie Maradona aus ärmlichen Verhältnissen stammt und zehn Geschwister hat, bereits einer der ganz großen Stars, als er im Jahr 2002 den Sprung nach Europa wagte. Doch beim FC Barcelona kam er nicht zurecht, war durch Verletzungen und Erkrankungen gehandicapt und schloss sich schon ein Jahr später dem FC Villareal an. Unter seiner Regie entwickelte sich der Klub zu einer europäischen Spitzenmannschaft, der 2006 sogar der Einzug ins Halbfinale der Champions League gelang.

In der argentinischen Nationalmannschaft debütierte er am 16. November 1997 gegen Kolumbien und lenkte das Spiel der »Albiceleste« fast ein Jahrzehnt lang, ehe er im September 2006 erstmals aus dem Nationalteam zurücktrat. Zwischenzeitlich reaktiviert, erklärte Riquelme im März 2009 seinen abermaligen Rücktritt, nachdem ihn der neue Trainer Diego Maradona mehrmals nicht berücksichtigt hatte – ausgerechnet Maradona, der ihm nach seinem letzten Spiel für die Boca Juniors vor zwölf Jahren sein Trikot schenkte. Und diesmal soll es bei seinem Entschluss bleiben.

Vollständiger Name: Juan Román Riquelme
Geburtstag: 24. Juni 1978
Größe: 182 cm
Nation: Argentinien
Bisherige Vereine:
Boca Juniors: 1996–2002
FC Barcelona: 2002–2003
FC Villareal: 2003–2007
Boca Juniors: seit 2007
Bisherige Erfolge:
Argentinischer Meister: 1998, 1999, 2000, 2008
Copa-Libertadores-Sieger: 2000, 2001, 2007
Weltpokal-Sieger: 2000
Olympiasieger: 2008
Argentiniens Fußballer des Jahres: 2000, 2001, 2008
Südamerikas Fußballer des Jahres: 2001

Nachdem ein paar Tage vergangen sind, bin ich mir mit meiner Entscheidung immer noch ganz sicher.

(Wenige Tage nach seinem erneuten Rücktritt aus der Nationalmannschaft)

Ronaldinho

Vollständiger Name: Ronaldo de Assis Moreira
Geburtstag: 21. März 1980
Größe: 181 cm
Homepage: www.ronaldinhogaucho.com
Nation: Brasilien
Bisherige Vereine:
Grémio Porto Alegre: 1998–2001
Paris Saint-Germain: 2001–2003
FC Barcelona: 2003–2008
AC Mailand: seit 2008
Bisherige Erfolge:
Weltmeister: 2002
Copa-América-Sieger: 1999
Brasilianischer Meister: 1999
Spanischer Meister: 2005, 2006
Champions-League-Sieger: 2006
Weltfußballer des Jahres: 2004, 2005
Europas Fußballer des Jahres: 2004
Bester Stürmer der Champions League: 2005
Bester Spieler der Champions League: 2006

Der Ball ist meine Freundin.

Jahrelang galt Ronaldinho als der Inbegriff von Leichtigkeit und Kreativität. Seine geradezu artistischen Einlagen rissen die Zuschauer von den Sitzen. Nie zuvor schien es eine so perfekte Symbiose aus tänzerischer Eleganz und explosiver Schnellkraft gegeben zu haben. Im Jahr 2005 wurde er zum besten Fußballer Europas und zum zweiten Mal hintereinander zum besten Fußballer der Welt gewählt. Im Jahr darauf gewann er mit dem FC Barcelona die Champions League und war selbstverständlich der herausragende Spieler des gesamten Wettbewerbs. Mit 26 war er eine lebende Legende. Vergleiche mit Maradona und Pelé wurden gezogen.
Doch mit einem Mal war alles anders. Bei der WM 2006 in Deutschland enttäuschte die gesamte brasilianische Mannschaft, und Ronaldinho machte keine Ausnahme. Die Seleção wirkte laufschwach und unmotiviert, war ein Opfer ihrer eigenen Überheblichkeit und Bequemlichkeit geworden und musste bereits nach dem Viertelfinale die Koffer packen.
Bei Ronaldinho setzte sich der Leistungsabfall auch im Verein rapide fort. Vielleicht glaubte er, seine Höchstleistungen konservieren zu können, ohne dafür arbeiten zu müssen. Er wurde übergewichtig, erschien zu spät oder gar nicht zum Training. Gerüchte über wilde Partynächte und eine Affäre mit der Tochter des Trainers machten die Runde.
Nachdem sein neuer Trainer Josep Guardiola ankündigte, dass Ronaldinho in der nächsten Saison keine Berücksichtigung im Team finden würde, wechselte dieser im August 2008 für eine Ablösesumme von 25 Millionen Euro zum AC Mailand. Ob er je wieder sein altes Niveau wird erreichen können, scheint mehr als fraglich.

Steven Gerrard

Vollständiger Name: Steven George Gerrard
Geburtstag: 30. Mai 1980
Größe: 188 cm
Nation: England
Bisheriger Verein:
FC Liverpool: seit 1998
Bisherige Erfolge:
UEFA-Cup-Sieger: 2001
Englischer Pokalsieger: 2001, 2006
Champions-League-Sieger: 2005
UEFA-Fußballer des Jahres: 2005
Englands Fußballer des Jahres: 2006

Einmal Liverpool, immer Liverpool, scheint sich Steven Gerrard zu denken. Seit seinem neunten Lebensjahr spielt er für die »Reds« vom FC Liverpool, deren Mannschaftskapitän er ist. Sein Vertrag läuft bis zum Jahr 2013. Ein einziges Mal, nach der EM 2004, stand er kurz vor einem Wechsel zum FC Chelsea, entschied sich aber im letzten Moment, seinem Heimatklub die Treue zu halten.
Ein knappes Jahr später wusste er, dass er die richtige Entscheidung getroffen hatte: In einem der spektakulärsten Endspiele aller Zeiten lagen die »Reds« zur Halbzeit mit 0:3 gegen den AC Mailand zurück. Mit seinem Tor zum 1:3 leitete Gerrard in der 54. Minute die Aufholjagd ein. Am Ende triumphierten die Liverpooler mit 6:5 nach Elfmeterschießen. Milans Kapitän Paolo Maldini sprach später von der absurdesten Niederlage seiner Karriere.
Nicht nur in diesem Spiel stellte der ebenso antrittsschnelle wie schussgewaltige Gerrard unter Beweis, dass er einer der besten und effektivsten Mittelfeldspieler der Welt ist. Seine Distanzschüsse und direkten Freistöße sind gefürchtet. Mit einem Freistoß gegen den PSV Eindhoven gelang ihm im Oktober 2008 auch sein 100. Treffer für den FC Liverpool.
Seine Zweikampfstärke und sein unbedingter Siegeswille haben Steven Gerrard beim FC Liverpool wie in der Nationalmannschaft zu einem absoluten Führungsspieler und Publikumsliebling gemacht.

Die Verhandlungen waren einfach. Er will sein Leben lang hier spielen.

(Liverpools Trainer Rafael Benítez zu den Vertragsverhandlungen mit Steven Gerrard)

Franck Ribéry

Vollständiger Name: Franck Bilal Ribéry
Geburtstag: 7. April 1983
Größe: 170 cm
Homepage: www.franck-ribery.org
Nation: Frankreich
Bisherige Vereine:
FC Metz: 2004–2005
Galatasaray Istanbul: 2005
Olympique Marseille: 2005–2007
FC Bayern München: seit 2007
Bisherige Erfolge:
Türkischer Pokalsieger: 2005
Deutscher Meister: 2008
DFB-Pokalsieger: 2008
Deutschlands Fußballer des Jahres: 2008
Frankreichs Fußballer des Jahres: 2007, 2008

In gewisser Weise hat mir der Unfall geholfen, als Kind hat er mich motiviert.

Leicht hat es Franck Ribéry noch nie gehabt. Aufgewachsen in einer Arbeitersiedlung der nordfranzösischen Hafenstadt Boulogne-sur-Mer war er zunächst ein klassischer Straßenkicker, kam mit 13 aufs Internat nach Lille, flog von der Schule, arbeitete später mit seinem Vater auf dem Bau, konnte kaum seinen Lebensunterhalt bestreiten.

Die langen Narben in seinem Gesicht stammen von einem Autounfall, den er als Kleinkind schwer verletzt überlebte. In Anspielung auf den Mafiaboss Al Capone bekam er den Spitznamen »Scarface« verpasst.

Seine Karriere kam nur mühsam in Schwung. Er tingelte durch die dritte französische Liga und wartete bei Olympique Alès vergeblich auf sein Gehalt. In Metz, wo er seinen ersten Profivertrag unterschrieb, wurde ihm nach einer Nachtklubschlägerei die versprochene Gehaltserhöhung verweigert, worauf er bei Galatasaray Istanbul anheuerte. Nachdem auch in Istanbul die vereinbarten Zahlungen ausblieben, wechselte er nach vier Monaten ablösefrei zu Olympique Marseille. Zu diesem Zeitpunkt war der französische Nationaltrainer Raymond Domenech längst auf ihn aufmerksam geworden und verhalf Ribéry am 27. Mai 2006 gegen Mexiko zu seinem Debüt für die Équipe tricolore. Bei der WM 2006 in Deutschland kam er in jedem Spiel zum Einsatz und deutete bereits sein Ausnahmetalent an. Seit seinem Wechsel zum FC Bayern hat sich der trickreiche, dribbelstarke Franzose endgültig zu einem der besten Spieler der Welt entwickelt. Mit seinen überraschenden Einfällen, seinen technischen Kabinettstückchen und explosiven Sturmläufen wurde er gleich in seinem ersten Jahr zu der Attraktion der Bundesliga. In Frankreich gilt Ribéry, der im Jahr 2002 zum Islam konvertierte, als legitimer Nachfolger von Zinédine Zidane. Dieser verkündete auch mehrfach den Wunsch, seinen Kronprinzen zu den Königlichen nach Madrid lotsen zu wollen. Und wer Ribéry kennt, der weiß, dass er nicht ruhen wird, bis er ganz oben angekommen ist. Nach dem verlorenen WM-Finale gegen Italien sagte er: »Ich habe in den Straßen von Boulogne herumgelungert. Ich habe mich zu sehr abgerackert, um jetzt Halt zu machen. Ihr werdet schon sehen.«

Kaká

Vollständiger Name:
Ricardo Izecson dos Santos Leite
Geburtstag: 22. April 1982
Größe: 186 cm
Nation: Brasilien, Italien
Bisherige Vereine:
FC São Paulo: 2001–2003
AC Mailand: 2003–2009
Real Madrid: seit 2009
Bisherige Erfolge:
Weltmeister: 2002
Copa-Amérca-Sieger: 2004
Italienische Meister: 2004
Champions-League-Sieger: 2007
FIFA-Klub-Weltmeisterschaft: 2007
Bester Spieler der brasilianischen Liga: 2002
Serie A Fußballer des Jahres: 2004
Torschützenkönig der Champions League: 2007
Weltfußballer des Jahres: 2007

Als Kaká 18 Jahre alt war, sprang er in einen zu flachen Swimmingpool und zog sich einen Halswirbelbruch zu. Damals stand seine Karriere auf der Kippe, und noch heute bedankt sich der gläubige Christ nach jedem Tor, das er schießt, bei seinem Schöpfer mit derselben Geste: den Blick nach oben, die Zeigefinger gen Himmel gestreckt. Zehn Prozent seines enormen Einkommens spendet er einer evangelischen Kirchengemeinschaft.
Inzwischen gehört der bescheidene und stets höfliche Kaká – dessen Rufname von seinem Bruder Rodrigo stammt, der als kleines Kind nicht »Ricardo« sagen konnte – unbestritten zu den absoluten Topstars des internationalen Fußballs. »Einen wie ihn«, sagt sein früherer Nationaltrainer Carlos Parreira, »findest du nur alle 50 Jahre.«
Kaká gehört zu den wenigen Ausnahmekickern, deren Spiel frei von jeder Eitelkeit ist. Wo andere darauf bedacht sind zu glänzen, besticht er durch seine Effizienz, seine strategische Klugheit und das unerreichte Timing seiner Pässe. Er sucht in jeder Spielsituation nach der konstruktivsten Lösung und ist zugleich einer der torgefährlichsten Mittelfeldspieler der Welt. Nachdem er dem AC Mailand sechs Jahre lang die Treue hielt, versuchte der englische

Premier-League-Klub Manchester City, ihn für die unfassbare Summe von 130 Millionen Euro nach England zu locken. Doch Kaká lehnte schließlich ab, weil er offenbar nicht an den Erfolg des Vereins glaubte. Der italienische Ministerpräsident und Eigentümer des AC Mailand Silvio Berlusconi verkündete die Nachricht persönlich im Fernsehen. Kaká sprach von einer »Entscheidung meines Herzens«. Doch die Freude der Tifosi währte nicht lange. Ein halbes Jahr später, im Juni 2009, entschied sich sein Herz, für die vergleichsweise bescheidene Ablösesumme von 65 Millionen Euro zu Real Madrid zu wechseln. Nach Christiano Ronaldo und Zinédine Zidane ist dies der drittteuerste Transfer in der Geschichte des Profifußballs.

Einen wie ihn findest du nur alle 50 Jahre.

Brasiliens ehemaliger Nationaltrainer Carlos Parreira über Kaká

Andrés Iniesta

Vollständiger Name: Andrés Iniesta Luján
Geburtstag: 11. Mai 1984
Größe: 170 cm
Homepage: www.andresiniesta.es
Nation: Spanien
Bisheriger Verein:
FC Barcelona seit: 2002
Bisherige Erfolge:
Europameister: 2008
Spanischer Meister: 2005, 2006, 2009
Spanischer Pokalsieger: 2009
Champions-League-Sieger: 2006, 2009

Obwohl Andrés Iniesta bei der WM 2006 in Deutschland noch zu den spanischen Ersatzspielern zählte, sagte sein späterer Trainer Josep Guardiola schon damals: »Andrés ist so gut, dass er uns alle einmal in den Schatten stellen wird. Auch wenn er körperlich nicht so stark ist, technisch ist er umso besser. Und er hat ein unglaubliches Spielverständnis. Jeder Pass ergibt einen Sinn.«
Es waren fast prophetische Worte, denn drei Jahre später zweifelt niemand mehr daran, dass der schmächtige Iniesta zu den elegantesten, technisch versiertesten und strategisch klügsten Mittelfeldspielern der Welt gehört. Gemeinsam mit seinem kongenialen Partner Xavi zieht er im Mittelfeld des FC Barcelona ein virtuoses Kurzpassspiel auf, das in Europa seinesgleichen sucht. In der Nationalmannschaft stehen ihm die ebenfalls hoch veranlagten Cesc Fàbregas und Xabi Alonso zur Seite.

Unter Trainer Louis van Gaal debütierte er als 18-Jähriger beim FC Barcelona, wo er in den nächsten Jahren all das umsetzte und entwickelte, was er seit dem zwölften Lebensjahr in der Barca-Jugendabteilung gelernt hatte. Dabei hat Iniesta zweifellos lange davon profitiert, vom Gegner unterschätzt zu werden. Während sein ehemaliger Teamkollege Ronaldinho bis zum Sommer 2008 den großen Zampano gab, zog der äußerst freundlich und harmlos aussehende Iniesta bereits die Fäden im Mittelfeld, war ein Muster an Ballsicherheit und Beweglichkeit und dachte nicht im Traum daran, irgendwelche Starallüren an den Tag zu legen.
Und sollte es noch eines Beweises seiner einzigartigen Effizienz bedürfen, so lieferte er diesen am 6. Mai 2009 im Champions-League-Halbfinale gegen den FC Chelsea. Die Katalanen hatten in diesem Spiel kaum ein Bein auf den Boden bekommen und sahen bereits wie der sichere

Er ist einer der wenigen Fußballer, denen alles Schwierige leichthin gelingt.

Samuel Eto'o

Verlierer aus. Da fiel Iniesta in der 93. Minute an der Strafraumgrenze der Ball vor die Füße. Der fackelte nicht lange, drosch den Ball humorlos in den Winkel und sicherte seinem Team in sprichwörtlich letzter Sekunde den Finaleinzug. Es war der einzige spanische Torschuss während des gesamten Spiels.

Im Finale von Rom gegen Manchester United lief Andrés Iniesta dann ein weiteres Mal zu Höchstform auf und war maßgeblich daran beteiligt, dass der FC Barcelona im Mai 2009 zum dritten Mal die Champions League gewann.

Cristiano Ronaldo

Vollständiger Name:
Cristiano Ronaldo dos Santos Aveiro
Geburtstag: 5. Februar 1985
Größe: 184 cm
Nation: Portugal
Bisherige Vereine:
Sporting Lissabon: 2001–2003
Manchester United: 2003–2009
Real Madrid: seit 2009
Bisherige Erfolge:
Englischer Meister: 2007, 2008, 2009
Englischer Pokalsieger: 2004
Champions-League-Sieger: 2008
FIFA-Klub-Weltmeisterschaft: 2008
Englands Fußballer des Jahres: 2007, 2008
Bester Spieler der Champions League: 2008
Europas Fußballer des Jahres: 2008
Weltfußballer des Jahres: 2008
Torschützenkönig der englischen Liga: 2008
Torschützenkönig in Europa: 2008

Er kann für den Fußball sein, was Michael Jordan für die NBA war.

Carlos Quieroz, Co-Trainer von Manchester United

Er wurde empfangen wie ein Staatsmann und gefeiert wie ein Popstar. Als Real Madrid seine spektakuläre Neuerwerbung am 6. Juli 2009 den begeisterten Massen präsentierte, war das Santiago-Bernabéu-Stadion zum Bersten gefüllt. Über 80.000 Fans jubelten ihrem neuen Superstar zu. Seit Diego Maradona vor 25 Jahren 75.000 frenetischen Neapolitanern präsentiert wurde, hatte keine Spielervorstellung eine solche Massenhysterie ausgelöst.

Mit einer Transfersumme von 94 Millionen Euro ist Christiano Ronaldo der teuerste Spieler aller Zeiten und soll die Königlichen an der Seite von 65-Millionen-Einkauf Kaká in eine zweite »galaktische« Ära führen.

Bereits als Zwölfjähriger wechselte er von seinem Heimatklub auf der Insel Madeira für 25.000 Euro zu Sporting Lissabon, in dessen Jugendabteilung er sich in Ruhe weiterentwickeln konnte. Als der Trainer von Manchester United, Alex Ferguson, im Jahr 2003 einen Nachfolger für den nach Madrid abgewanderten David Beckham suchte, entschloss er sich, den hoch talentierten 18-jährigen Portugiesen zu verpflichten. Im Trikot der »Red Devils« wurde Ronaldo in den folgenden Jahren zu einem der besten, spektakulärsten und torgefährlichsten Offensiv-Allrounder seiner Zeit. Immer deutlicher traten auch seine Torjägerqualitäten zutage. In der Saison 2006/2007 erzielte der zunehmend als Außenstürmer eingesetzte Ronaldo bereits 17 Treffer und holte sich im folgenden Jahr mit 31 Treffern überlegen die Torjägerkrone der Premier League.

Von Kritikern werden seine egoistische Spielweise sowie sein Hang zu Schwalben und schauspielerischen Einlagen gerügt, doch seine Qualitäten stehen außer Frage. Er kann mit beiden Füßen gleich hart schießen und verleiht dem Ball bei direkten Freistößen eine höchst eigenwillige Flugkurve. Der antrittsschnelle Ronaldo liebt das spektakuläre Spiel und ist in seiner Branche von einzigartigem Unterhaltungswert, wenn er sein erstaunliches Repertoire an Tricks und Finten präsentiert, seine mehrfachen Übersteiger zelebriert oder Mitspieler mit genialen No-Look-Pässen in Szene setzt. Mit 24 Jahren ist der Weltfußballer des Jahres 2008 bereits auf dem Gipfel angekommen. Bleibt allen Fußballfans zu wünschen, dass er es dort eine Zeit lang aushalten wird.

David Villa (links) und Jay Demerit

Mladen Petrić

Stürmer

Dann macht es Bumm!

Und dann macht es Bumm!«, sang einst ***Gerd Müller***, um seine Lieblingsbeschäftigung zu beschreiben. Stürmer wurden schon immer daran gemessen, wie oft es »Bumm macht«, wie oft es ihnen also gelingt, das Spielgerät im gegnerischen Kasten zu versenken. Mögen sie auch als »Flügelflitzer« und »Flankengötter« für Furore sorgen – gefeiert wird letztlich derjenige, der den Ball irgendwie über die Torlinie befördert.

Doch der moderne Fußball meint es nicht gut mit ihnen. Während in früheren Spielsystemen die Angreifer noch in der Überzahl waren, fielen sie später oft taktischen Neuerungen zum Opfer.

Beim mittelalterlichen »Calcio« in Italien zählte jede Mannschaft 27 Spieler, von denen 15 Stürmer waren. Das österreichische »Wunderteam«, das seine Gegner Anfang der 30er-Jahre reihenweise an die Wand spielte, agierte ebenso mit fünf Angreifern wie die »Goldene Elf« der Ungarn in den 50ern.

Als neuester Schrei gilt inzwischen das 4-5-1-System, mit dem sich die Spanier bei der EM 2008 den Titel sicherten. Vor der Viererabwehrkette tummelten sich fünf ständig rochierende Mittelfeldspieler und nur ein nomineller Stürmer – Glück für den, der Torjäger wie ***Fernando Torres*** und ***David Villa*** hat.

Nein, leicht haben sie es nicht, die Angreifer von heute, ob sie nun als klassische »Stoßstürmer« wie ***Jan Koller*** und ***Ruud van Nistelrooy*** oder als flexibler »Wandstürmer« wie ***Didier Drogba*** agieren. Schließlich wissen sie allzu gut, was passiert, wenn sie mal wieder eine »Tausendprozentige« versieben und sich als »Chancentod« erweisen. Dann werden ihnen gnadenlos die Minuten vorgerechnet, die sie von ihrem letzten Treffer trennen. Und nicht alle verfügen über

Miroslav Klose

eine so unbekümmerte Natur wie ***Lukas Podolski***: »Ich mach das Ding rein und fertig.«
Wenn sie das Ding reinmachen, dann schrauben sie am Ohr, wie ***Luca Toni***, schlagen Salto wie ***Miroslav Klose***, imitieren Bogenschützen ***(Mladen Petrić)*** oder Toreros ***(Mario Gomez)***.
Auf seine persönliche Art des Dopings wollte der italienische Torjäger und leidenschaftliche Raucher ***Luigi Riva***, bis Mitte der 70er-Jahre einer der besten Angreifer der Welt, nicht verzichten. Der paffte selbst in der Halbzeitpause munter vor sich hin und erzielte doch 35 Tore in 42 Länderspielen.
Also Vorhang auf für unsere Abstauber und Kopfballungeheuer, unsere Knipser, Sturmtanks und Ballermänner, bei denen Triumph und Tragödie so dicht beisammenliegen.

Ruud van Nistelrooy

Luca Toni (rechts)

Fernando Torres (rechts)

Nir Davidovich

Lukas Podolski

Mario Gomez

Triumph und Tragödie so dicht beisammen

Alfredo Di Stéfano

Vollständiger Name:
Alfrédo Stéfano Di Stéfano Laulhé
Geburtstag: 4. Juli 1926
Größe: 178 cm
Nation: Argentinien, Spanien
Vereine:
CA River Plate: 1943–1949
CA Huracán (ausgeliehen): 1946–1947
Millonarios Bogotá: 1949–1953
Real Madrd: 1953–1964
Español Barcelona: 1964–1966
Erfolge:
Argentinischer Meister: 1945, 1947
Kolumbianischer Meister: 1949, 1951, 1952, 1953
Kolumbianischer Pokalsieger: 1953
Spanischer Meister: 1954, 1955, 1957, 1958, 1961, 1962, 1963, 1964
Spanischer Pokalsieger: 1962
Copa-América-Sieger: 1947
Copa-Latina-Sieger: 1955, 1957
Europapokal der Landesmeister: 1956, 1957, 1958, 1959, 1960
Weltpokal-Sieger: 1960
Europas Fußballer des Jahres: 1957, 1959
Torschützenkönig der argentinischen Liga: 1947
Torschützenkönig der kolumbianischen Liga: 1951, 1952
Torschützenkönig der spanischen Liga: 1954, 1956, 1957, 1958, 1959

Begonnen hat alles mit Gummibällen im Stadtviertel Barracas von Buenos Aires. Alfredo Stéfano Di Stéfano Laulhé war ein echter Straßenkicker, ehe er nach einem Probetraining vom berühmten CA River Plate verpflichtet wurde. Mit 19 Jahren feierte er seinen ersten argentinischen Meistertitel und wurde zwei Jahre später ins Aufgebot der »Albiceleste« berufen. Bei der Copa América erzielte er in sechs Länderspielen sechs Tore, womit seine argentinische Nationalmannschaftskarriere auch schon wieder vorbei war.

Fußball ohne Tore ist wie ein Tag ohne Sonne.

Wegen eines Spielerstreiks in Argentinien heuerte er 1949 bei den Millonarios in Bogotá an und streifte sich im selben Jahr vier Mal das kolumbianische Nationaltrikot über.
Bei seinem Wechsel in die spanische Liga kam es 1953 zu einem verbissenen Tauziehen zwischen Real Madrid und dem FC Barcelona, die beide alles daransetzten, den Torjäger zu verpflichten, der in 294 Partien für die Millonarios 267 Tore erzielt hatte. Schließlich unterzeichnete er beim »weißen Ballett« in Madrid und zeigte gleich im ersten Spiel, dass sich dessen Investition gelohnt hatte. Zum 5:0-Kantersieg im eigenen Stadion steuerte Di Stéfano vier Tore bei. Der Gegner hieß FC Barcelona!
In den folgenden neun Jahren entwickelte sich Real unter seiner Regie zur unbestrittenen Nummer eins in Europa, gewann acht Mal die spanische Meisterschaft und fünf Mal in Folge den neu geschaffenen Europapokal der Landesmeister, was bis heute keinem zweiten Verein gelungen ist.
Di Stéfano vereinte alle Qualitäten eines kreativen Spielmachers mit denen eines klassischen Torjägers. Ab 1958 verfügte Real mit Kopa, Rial, Puskás und Gento über eine unvergleichliche Klasse im Angriff, doch der Eleganz von Di Stéfano konnte keiner das Wasser reichen. Er pflegte einen Stil, der ebenso schön wie spektakulär war, beherrschte den Absatzkick aus dem Effeff und konnte sich mit blitzschnellen Körperdrehungen von seinen Gegenspielern befreien. Trotz seiner Brillanz war er alles andere als eigensinnig und stellte sich stets in den Dienst der Mannschaft. Er war einer der vollkommensten Spieler aller Zeiten, was auch bei der Wahl zum Fußballer des Jahrhunderts zum Ausdruck kam, wo er hinter Pelé, Cruyff und Beckenbauer Platz vier belegte.
1962 wollte er für Spanien an der WM in Chile teilnehmen, wurde aber durch eine Muskelverletzung daran gehindert. Damit zählt er zu den wenigen Weltstars, die nie an einer Weltmeisterschaft teilgenommen haben.
Im Jahr 2000 wurde er zum Ehrenpräsidenten von Real Madrid ernannt.

Ferenc Puskás

Vollständiger Name: Ferenc Puskás Biro
Geburtstag: 2. April 1927
Todestag: 17. November 2006
Größe: 166 cm
Nation: Ungarn, Spanien
Vereine:
Budapest Honvéd FC: 1942–1965
Real Madrid: 1958–1966
Erfolge:
Ungarischer Meister: 1949, 1950, 1952, 1954, 1955, 1956
Spanischer Meister: 1961, 1962, 1963, 1964, 1965, 1967
Europapokal der Landesmeister: 1959, 1960, 1966
Weltpokalsieger: 1960
Olympiasieger: 1952
Torschützenkönig in Europa: 1948
Torschützenkönig der ungarischen Liga: 1948, 1949/50, 1950, 1953
Torschützenkönig der spanischen Liga: 1960, 1961, 1963, 1964
Welttorjäger des 20. Jahrhunderts

Ferenc Puskás wuchs in den 30er-Jahren in unmittelbarer Nähe zum Kispest Athletic Club in Budapest auf, in dem sein Vater als Spieler und Trainer aktiv war. 1949 wurde der Verein zum Armeeklub und in Budapesti Honved umbenannt. Auch die Spieler erhielten einen militärischen Rang, der Ausnahmestürmer Puskás wurde Major und behielt diesen Titel als Spitznamen bei. Auch auf dem Fußballplatz sprach man in Zukunft nur noch vom »Major«.
Dabei hatte Puskás so gar nichts Militärisches an sich. Er war klein gewachsen und untersetzt. Dennoch wurde der Linksfuß zu einem der herausragenden Spielgestalter und Torjäger des 20. Jahrhunderts.
Bereits in der Saison 1947/48 schoss er für Kispest 50 Tore in 32 Spielen. Im Trikot der ungarischen Nationalmannschaft gelangen ihm in 85 Einsätzen unglaubliche 84 Treffer. Weltweiten Ruhm erwarb er sich als Kapitän des ungarischen Wunderteams, das den Engländern im heimischen Wembleystadion die erste Niederlage überhaupt beibrachte. Es war jene »Goldene Elf«, die 1952 Olympiasieger geworden war

und als haushoher Favorit zur WM 1954 in die Schweiz fuhr. Im Finale von Bern gegen Deutschland war Puskás allerdings angeschlagen und konnte auch mit seinem Tor zum 1:0 nicht verhindern, dass die Magyaren zum ersten Mal nach vier Jahren als Verlierer vom Platz gingen.
Als 1956 sowjetische Truppen in Budapest einmarschierten, befand sich Puskás wegen eines Europapokalspiels in Bilbao und beschloss, im Westen zu bleiben. Der ungarische Verband bewirkte wegen seiner Emigration eine 18-monatige Sperre, nach deren Ablauf er bei Real Madrid anheuerte. Dort prägte er mit seinem kongenialen Partner Alfredo Di Stéfano eine glanzvolle Ära, gewann sechs spanische Meistertitel sowie drei Mal den Europapokal der Landesmeister und wurde vier Mal Torschützenkönig der spanischen Liga.
1961 erwarb er die spanische Staatsbürgerschaft und bestritt gegen Ende seiner Laufbahn noch vier Länderspiele für Spanien. In 179 Einsätzen erzielte er 156 Tore für Real Madrid und beendete im Alter von 39 Jahren seine Spielerkarriere.
Nach zahlreichen Trainerstationen kehrte Puskás in den 90er-Jahren nach Budapest zurück, wo er 2006 verstarb.

Kleines Geld, kleiner Fußball – großes Geld, großer Fußball.

Garrincha

Vollständiger Name:
Manuel Francisco dos Santos
Geburtstag: 28. Oktober 1933
Todestag: 20. Januar 1983
Größe: 169 cm
Nation: Brasilien
Vereine:
Botafogo Rio de Janeiro: 1953–1965
Corinthians São Paulo: 1966–1967
Atlético Junior: 1967–1968
Flamengo Rio de Janeiro: 1968–1969
Red Star Paris: 1969–1971
Olaria AC: 1972–1973
Erfolge:
Weltmeister: 1958, 1962
Bester Spieler der WM: 1962
Meister des Bundesstaates Rio de Janeiro: 1957, 1961, 1962

Seine Wirbelsäule war von Geburt an verkrümmt, seine Beine waren verkrüppelt. Während das rechte nach innen zeigte, bog sich das linke nach außen und war außerdem sechs Zentimeter länger. Seine Brüder gaben ihm den Namen eines hässlichen brasilianischen Urwaldvogels: Garrincha.
Nach mehreren Operationen war seine Beweglichkeit zumindest so weit gewährleistet, dass er einigermaßen laufen konnte. Zur Stärkung der Muskulatur begann er, Fußball zu spielen - und entwickelte in kürzester Zeit eine Leidenschaft und Geschicklichkeit, die seine Umgebung in Erstaunen versetzte.
Am Profifußball war er zunächst nur mäßig interessiert, sorgte als 17-Jähriger bei einem Probetraining jedoch für solche Furore, dass ihn Botafogo Rio de Janeiro sofort unter Vertrag nahm. In den folgenden Jahren führte er sein Team zu drei Regionalmeisterschaften und trieb die gegnerischen Verteidiger mit immer neuen Tricks und Finten, mit blitzschnellen Tempowechseln, waghalsigen Powerdribblings und unberechenbaren Zickzackläufen in den Wahnsinn. Eine solche Spielweise hatte man noch nie gesehen. Natürlich blieb es auch der Seleção nicht verborgen, dass hier ein Naturgenie seine Gegner reihenweise schwindelig spielte. Er debütierte am 18. September 1955 gegen Chile. Nur drei Jahre später half er, für sein Land den ersten Weltmeistertitel zu erringen, und verteidigte diesen vier Jahre später bei der WM in Chile, zu deren bestem Spieler er gewählt wurde.
Einen erfindungs- und trickreicheren Rechtsaußen als diesen kleinen verwachsenen Garrincha hatte die Welt bis dato noch nicht gesehen. »Sagt Garrincha, er soll damit aufhören, unsere Spieler lächerlich zu machen!«, flehte einst der spätere Nationaltrainer Tele Santana.

Von welchem Planeten kommt Garrincha?

(Die chilenische Zeitung Mercurio während der WM 1962)

Doch schließlich musste sein Körper den Belastungen Tribut zollen, für die er nicht geschaffen war. 1965 ließ Garrincha sich nochmals operieren, doch die Schäden waren bereits irreparabel. Er spielte noch ein paar Jahre und versuchte die Schmerzen vergeblich mit Alkohol zu bekämpfen. Im Alter von nur 49 Jahren erlag das erstaunlichste Genie der Fußballgeschichte einer Leberzirrhose.

Eusébio

Vollständiger Name:
Eusébio da Silva Ferreira
Geburtstag: 25. Januar 1942
Größe: 176 cm
Nation: Portugal
Vereine:
Sporting Lourenço Marques: 1957–1960
Benfica Lissabon: 1960–1975
Rhode Island Oceaners: 1975
Boston Minutemen: 1975–1976
CF Monterrey: 1976
Toronto Metros-Croatia: 1976
SC Beira-Mar: 1976–1977
Las Vegas Quicksilver: 1977
União de Tomar: 1977
New Jersey Americans: 1977–1978
Erfolge:
Portugiesischer Meister: 1961, 1963, 1964, 1965, 1967, 1968, 1969, 1971, 1972, 1973, 1975
Portugiesischer Pokalsieger: 1962, 1964, 1969, 1970, 1972
Europapokal der Landesmeister: 1962
Torschützenkönig der portugiesischen Liga: 1964, 1965, 1966, 1967, 1968, 1970, 1973
Torschützenkönig in Europa: 1968, 1973
Portugals Fußballer des Jahres: 1970, 1973
Europas Fußballer des Jahres: 1965

Eusébio, auch »Schwarze Perle« oder »Schwarzer Panther« genannt, stammt aus Portugals ehemaliger Republik Mosambik und war der erste Weltklassestürmer, den der afrikanische Kontinent hervorgebracht hat.
Er verbrachte fast seine gesamte Karriere bei Benfica Lissabon, wo er zehn Meisterschaften und fünf Pokalsiege feiern konnte. Die Krönung seiner Vereinskarriere war der 5:3-Finalsieg im Europapokal der Landesmeister 1962 gegen Real Madrid. Zwei Mal gewann er den »Goldenen Schuh« als bester Torschütze Europas und erzielte bei 365 Einsätzen für Benfica sagenhafte 383 Tore.
Der ebenso geschmeidige wie athletische Eusébio war berühmt für seinen blitzschnellen Antritt und seine exzellente Schusstechnik. Bei der WM 1966 in England wurde er mit neun Treffern und sechs Spielen Torschützenkönig und lieferte das vielleicht größte Spiel seiner Karriere ab: Im Viertelfinale lag Portugal gegen die Überraschungsmannschaft aus Nordkorea nach 25 Minuten mit 0:3 zurück und sah schon wie der sichere Verlierer aus, als Eusébio quasi im Alleingang das Steuer herumriss. Zwischen der 27. und 59. Minute erzielte er vier Treffer und bereitete den fünften vor, sodass Portugal am Ende als 5:3-Sieger vom Platz ging und erstmals in das Halbfinale einer WM einzog.
Es sollte die einzige WM-Teilnahme des »Schwarzen Panthers« bleiben, der es in 64 Länderspielen auf 41 Tore brachte. In den letzten Jahren seiner aktiven Laufbahn spielte er für mehrere Klubs in der amerikanischen Profiliga und kehrte zu einem kurzen Comeback in seine portugiesische Heimat zurück.
Vor Benficas Estádio da Luz (dem Stadion des Lichts) erinnert heute eine Bronzestatue an den portugiesischen Stürmerstar, der seine Karriere 1978 wegen anhaltender Knieprobleme endgültig beenden musste.

Die WM 1966 war der Höhepunkt meiner Laufbahn. Wir haben zwar das Halbfinale verloren, aber der portugiesische Fußball war einer der großen Gewinner.

Uwe Seeler

Vollständiger Name: Uwe Seeler
Geburtstag: 5. November 1936
Größe: 169 cm
Nation: Deutschland
Vereine:
Hamburger SV: 1953–1972
Celtic Cork: 1978
Erfolge:
Deutscher Meister: 1960
DFB-Pokalsieger: 1963
Deutschlands Fußballer des Jahres: 1960, 1964, 1970
Erster Torschützenkönig der Bundesliga: 1964
Ehrenspielführer der deutschen Nationalmannschaft

Der argentinische Startrainer Helenio Herrera war im April 1961 persönlich nach Hamburg gereist, um Uwe Seeler zu Inter Mailand zu holen. Im Hotel Atlantic unterbreitete er ihm ein schwindelerregendes Angebot: eine Million D-Mark Handgeld bei Vertragsunterzeichnung, eine Villa, ein Auto und vieles mehr. In der Bundesliga war der Höchstverdienst eines Fußballspielers damals auf 400 D-Mark im Monat festgelegt. »Die wären noch viel höher gegangen mit ihrem Angebot«, erinnert sich Uwe Seeler heute. »Aber nach drei Tagen habe ich gesagt: Schluss, aus, ich bin Hamburger und bleibe in Hamburg.«
In Hamburg geblieben ist »Uns Uwe« bis heute und so beliebt wie eh und je. Vor dem Stadion steht eine überdimensionale Bronzeskulptur seines rechten Fußes, mit dem er schon in den 50er-Jahren Tore erzielte, wie man sie bis dahin nicht kannte. Quer in der Luft liegend, drosch er die Bälle per Fallrückzieher und Seitfallzieher ins Tor. Seine Spielweise war eine unwiderstehliche Mischung aus Kampf und Artistik. Er rackerte, wühlte und grätschte und hechtete flach über die Grasnarbe, solange noch eine minimale Chance bestand, den Ball per Flugkopfball ins Netz zu befördern. In einem Ligaspiel gegen Westfalia Herne rutschte er im Sitzen dem Ball hinterher und manövrierte ihn irgendwie über die Torlinie. Einen seiner berühmtesten Treffer erzielte er bei der WM 1970 mit dem Hinterkopf. Es war das 2:2 gegen England und zugleich das letzte von insgesamt 43 Toren im Nationaldress. Zwischen 1958 und 1970 nahm er an vier Weltmeisterschaften teil und ist außer Pelé

Also ein normales Foul ist für mich nicht unfair.

der einzige Spieler, der sich jedes Mal in die Torschützenliste eintragen konnte. In Schweden wurde er WM-Vierter, in England Vizeweltmeister, in Mexiko WM-Dritter. Der ganz große Titel blieb ihm jedoch verwehrt.
Sechs Jahre nach seinem Abschiedsspiel kam der 41-jährige Seeler kurioserweise bei einem Punktspiel für Cork Celtic zum Einsatz und erzielte zwei Tore. Angeblich wusste er nicht, dass man in der irischen Liga damals Gastspieler einsetzen durfte, und hatte das Ganze für einen Freundschaftskick gehalten.
Nach der endgültigen Beendigung seiner aktiven Karriere war er von 1995 bis 1998 Präsident – natürlich beim HSV.

Pelé

Die Frage nach dem besten Spieler des Jahrhunderts ist absurd. Pelé ist einfach der Größte, und nach ihm kommt eine ganze Weile gar nichts.

Zico

Vollständiger Name:
Edson Arantes do Nascimento
Geburtstag: 23. Oktober 1940
Größe: 176 cm
Nation: Brasilien
Vereine:
FC Santos: 1956–1974
Cosmos New York: 1975–1977
Erfolge:
Weltmeister: 1958, 1962, 1970
Copa-Libertadores-Sieger: 1962, 1963
Weltpokal-Sieger: 1962, 1963
Brasilianischer Pokalsieger: 1968
Meister des Bundesstaates São Paulo: 1958, 1960, 1961, 1962, 1964, 1965, 1967, 1968, 1969, 1973
Torschützenkönig dieser Meisterschaft: 1957, 1958, 1959, 1960, 1961, 1962, 1963, 1964, 1965, 1968, 1973
US-Meister: 1977
Weltfußballer des 20. Jahrhunderts
Sportler des 20. Jahrhunderts

Die Seleção hatte bei der WM 1958 einen mäßigen Turnierstart hingelegt. Dem Pflichtsieg gegen Österreich folgte ein enttäuschendes 0:0 gegen England. Daraufhin forderte die Mannschaft ihren Trainer Vicente Feola auf, endlich ihren Shootingstar, den 17-jährigen Pelé, zu bringen. Feola gab nach und Pelé enttäuschte ihn nicht. In den verbleibenden vier Spielen schoss er sechs Tore, darunter einen Hattrick gegen Frankreich, verhalf seinem Team zum Titel und wurde selbst Torschützenkönig.
Die Weltmeisterschaft 1958 in Schweden war die erste, die vom Fernsehen auf alle Kontinente übertragen wurde, und so staunte die ganze Welt über diesen leichtgewichtigen Teenager, der bereits ein perfekter Fußballer war, ausgestattet mit brillanter Technik und einer einzigartigen Spielintelligenz, der grandios dribbeln, vorbildlich köpfen und mit beiden Füßen präzise schießen konnte und wie selbstverständlich die Führung

der Mannschaft übernahm. Als seine Mitspieler ihn nach dem gewonnenen Finale auf den Schultern vom Platz trugen, weinte der jüngste Weltmeister aller Zeiten vor Freude.

Pelé galt auf einen Schlag als bester Spieler der Welt und sollte diesen Ruf Zeit seines Lebens nicht mehr verlieren. Seine Torjägerqualitäten sprengten jede Dimension. 1959 erzielte er 127 Treffer, im Jahr darauf 110. Mit 22 Jahren gingen bereits mehr als 500 Tore auf sein Konto. Kein Wunder also, dass sein Selbstbewusstsein seinem Talent in nichts nachstand. Als ein Reporter den jungen Pelé nach dem besten brasilianischen Stürmer fragte, antwortete der: »Ich.« Und als sich derselbe Reporter nach dem besten linken Mittelfeldspieler erkundigte, sagte Pelé: »Auch ich.« Er hatte ja recht.

Mit dem FC Santos gewann er zehn Mal die São-Paulo-Meisterschaft und je zwei Mal die Copa-Libertadores und den Weltpokal. 1969 erzielte er im Maracanã-Stadion seinen tausendsten Treffer, worauf im ganzen Land die Glocken läuteten und Staatspräsident Médici einen nationalen Feiertag ausrief. Insgesamt erzielte er für seinen Klub in 1114 Einsätzen 1088 Tore – ein Rekord für die Ewigkeit.

Nachdem Pelé im Jahr 1970 als erster und bislang einziger Spieler zum dritten Mal Weltmeister geworden war, hatte sich für ihn ein Kreis geschlossen, sodass er ein Jahr später aus der Seleção zurücktrat.

Nach seiner aktiven Karriere, die er gemeinsam mit Franz Beckenbauer in der nordamerikanischen Profiliga beendete, war er von 1995–98 Sportminister seines Landes und engagierte sich bei zahlreichen Gelegenheiten für die UN und UNICEF. 1999 ernannte ihn die UEFA zum besten Fußballer des 20. Jahrhunderts.

Gerd Müller

Vollständiger Name: Gerhard Müller
Geburtstag: 3. November 1945
Größe: 176 cm
Nation: Deutschland
Vereine:
TSV Nördlingen: 1963–1964
FC Bayern München: 1964–1979
Fort Lauderdale Strikers: 1979–1981
Smiths Brothers Lounge: 1981–1982
Erfolge:
Europameister: 1972
Weltmeister: 1974
Deutscher Meister: 1969, 1972, 1973, 1974
DFB-Pokalsieger: 1966, 1967, 1969, 1971
Europapokal der Pokalsieger: 1967
Europapokal der Landesmeister: 1974, 1975, 1976
Weltpokal-Sieger: 1976
Deutschlands Fußballer des Jahres: 1967, 1969
Europas Fußballer des Jahres: 1970
Torschützenkönig der Bundesliga: 1967, 1969, 1970, 1972, 1973, 1974, 1978
Torschützenkönig in Europa: 1970, 1972

Ob im Sitzen, im Stehen, im Fallen oder im Liegen. Ob mit dem Kopf voraus oder mit dem Rücken zum Tor. Irgendwie hat es Gerd Müller, Hauptberuf Torjäger, noch immer geschafft, den Ball mit irgendeinem Körperteil über die entscheidende Linie zu drücken, zu bugsieren, zu schieben, zu köpfen, zu ballern oder zu schlenzen. In Deutschland machte für diesen Vorgang sogar ein neues Adjektiv die Runde: das Müllern. Und es müllerte gewaltig in deutschen Strafräumen und nicht nur dort.

Alles, was der FC Bayern geworden ist, verdankt er Gerd Müller.

Franz Beckenbauer

Viele seiner Rekorde sind bis heute ungebrochen, seine Trefferstatistik liest sich atemberaubend: In 62 Länderspielen erzielte er 68 Tore und traf bei 427 Bundesligaspielen 365 Mal ins Netz. Kein anderer Bundesligaprofi schoss in einer Saison so viele Tore wie Gerd Müller mit seinen

40 Treffern 1971/72. In den zwölf Spielzeiten zwischen 1966 und 1978 befand er sich immer unter den besten drei Torschützen der Liga, erzielte jede Saison mindestens 20 Treffer, fünf Mal sogar mindestens 30.
Bei seinen zwei WM-Teilnahmen 1970 in Mexiko und 1974 in Deutschland gelangen ihm insgesamt 14 Treffer. Als WM-Rekordschütze wurde er erst 2006 von Ronaldo abgelöst, dem bei vier WM-Teilnahmen insgesamt 15 Tore gelangen.
Bei der WM 1970 (zehn Treffer) und der EM 1972 (vier Treffer) wurde Müller jeweils Torschützenkönig.
Dabei hatte sein erster Profitrainer Zlatko »Tschik« Cajkovski angesichts des stämmigen Sturmtanks aus Nördlingen noch gefragt: »Was soll ich mit einem Gewichtheber?« Später, als sein rundlicher Goalgetter diese Frage hinreichend beantwortet hatte, nannte er ihn liebevoll »kleines, dickes Müller«.
Bei den Bayern prägte er gemeinsam mit Sepp Meier und Franz Beckenbauer eine Ära. Es war dieselbe Achse, die auch die deutsche Nationalmannschaft in den 70er-Jahren zu ihren größten Erfolgen führte.

Nachdem der »Bomber der Nation« seine Karriere in der US-amerikanischen Profiliga hatte ausklingen lassen, geriet er in eine Lebenskrise und wurde zum Alkoholiker. Doch seine alten Weggefährten, allen voran Uli Hoeness, sorgten dafür, dass er eine Entziehungskur machte und wieder auf die Beine kam. Heute ist er Co-Trainer der zweiten Mannschaft des FC Bayern.

Johan Cruyff

Vollständiger Name: Hendrik Johannes Cruyff
Geburtstag: 25. April 1947
Größe: 180 cm
Homepage: www.cruyff.com
Nation: Niederlande
Vereine:
Ajax Amsterdam: 1964–1973
FC Barcelona: 1973–1978
Los Angeles Aztecs: 1979–1980
Washington Diplomats: 1980–1981
DU Levante: 1981
Ajax Amsterdam: 1981–1983
Feyenoord Rotterdam: 1983–1984
Erfolge:
Niederländischer Meister: 1966, 1967, 1968, 1970, 1972, 1973, 1982, 1983, 1984
Niederländischer Pokalsieger: 1967, 1970, 1971, 1972, 1983, 1984
Spanischer Meister: 1974
Spanischer Pokalsieger: 1978
Europapokal der Landesmeister: 1971, 1972, 1973
Weltpokal-Sieger: 1972
Torschützenkönig in der niederländischen Liga: 1967, 1972
Europas Fußballer des Jahres: 1971, 1973, 1974
Europas Fußballer des Jahrhunderts: 1999
Platz 2 bei der Wahl zum Weltfußballer des Jahrhunderts

Er war der beste Fußballer, den Europa je hervorgebracht hat.

Franz Beckenbauer

Das Konzept wurde »Fußball total« genannt. Ihm zugrunde lag ein völlig neues Raumverständnis im Fußball, sein Ergebnis war eine spielästhetische Sensation. Ajax Amsterdam hatte in den letzten Jahren einen Vorgeschmack auf diesen neuen Stil gegeben, die niederländische Nationalmannschaft zelebrierte ihn bei der WM 1974 in Perfektion.
Statt fester Spielpositionen war das gesamte Team ständig in Bewegung. Die taktischen Positionen waren weiterhin besetzt, doch nie von denselben Spielern, was es dem Gegner fast unmöglich machte, ein starres Deckungsschema anzuwenden. Taktgeber und Initiator dieses totalen Fußballs war Johan Cruyff, nach dem Abgang Pelés der beste Spieler der Welt. Als nomineller Mittelstürmer aufgestellt, war er überall zu finden, wich auf die Flügel aus oder holte sich den Ball in der eigenen Hälfte, um zu seinen atemberaubenden Soli anzusetzen. Seine wieselflinken Dribblings erinnerten an George Best, doch während dieser weitgehend als Allein unterhalter agierte, verlor Cruyff nie den Blick für besser postierte Mitspieler.
Dass die genialen Niederländer gegen die vergleichsweise biederen Deutschen im WM-Finale

von München 1974 dennoch den Kürzeren zogen, mag daran gelegen haben, dass sie sich an ihrem eigenen Spiel allzu sehr berauschten. Mit Ausnahme der ungarischen Wunderelf von 1954 und des brasilianischen Teams von 1982 hat es wohl nie eine bessere Mannschaft gegeben, die sich selbst um den Titelgewinn brachte.
Nachdem »König Johan« seinen Heimklub Ajax Amsterdam zur besten Vereinsmannschaft Europas gemacht hatte, suchte er 1973 eine neue Herausforderung und wechselte zum FC Barcelona, mit dem er je einmal die Meisterschaft und den spanischen Pokal gewann. Als erster Spieler wurde er drei Mal zu Europas Fußballer des Jahres gewählt.
Auch als Trainer wurde er, ähnlich wie Franz Beckenbauer, von ständigem Erfolg begleitet. Mit Ajax Amsterdam holte er drei Titel in zwei Jahren. Der FC Barcelona gewann unter ihm vier Meistertitel in Folge (1991–1994) sowie 1992 den Europapokal der Landesmeister.

Hans Krankl

Vollständiger Name: Johann Krankl
Geburtstag: 14. Februar 1953
Größe: 182 cm
Nation: Österreich
Vereine:
SK Rapid Wien: 1970–1971
Wiener AC: 1971–1972
SK Rapid Wien: 1972–1978
FC Barcelona: 1978–1979
First Vienna FC: 1894 1980
FC Barcelona: 1980
SK Rapid Wien: 1981–1986
Wiener Sport-Club: 1986–1988
Kremser SC: 1988
SV Austria Salzburg: 1989
Erfolge:
Österreichischer Meister: 1982, 1983
Österreichischer Pokalsieger: 1976, 1983, 1984, 1985
Torschützenkönig der österreichischen Liga: 1974, 1977, 1978, 1983
Spanischer Pokalsieger: 1981
Torschützenkönig der spanischen Liga: 1979
Europapokalsieger der Pokalsieger: 1979
Torschützenkönig in Europa: 1978
Österreichs Fußballer des Jahres: 1973, 1974, 1977, 1982, 1988

Wir müssen gewinnen. Alles andere ist primär.

Da kommt Krankl, vorbei diesmal an seinem Bewacher, ist im Strafraum, Schuss ... Tooor, Tooor, Tooor, Tooor, Tooor! I werd' narrisch! Krankl schießt ein – 3:2 für Österreich! Wir fallen uns um den Hals, der Kollege Rippel und i. Mir busseln uns ab. 3:2 für Österreich durch ein großartiges Tor unseres Krankl. Er hat olles überspielt ... aber warten's noch a bisserl, warten's noch a bisserl – dann können wir uns vielleicht ein Vierterl g'nehmigen.«

Diese Radioreportage des österreichischen Reporters Edi Finger ist fast ebenso berühmt geworden wie das Tor selbst. Die beiden Treffer bei der WM 1978 gegen Deutschland bedeuteten das Aus für den amtierenden Weltmeister. Für Österreich war das »Wunder von Córdoba«, in Deutschland als »Schmach von Córdoba« bekannt, der erste Sieg gegen den Nachbarn seit 1931.

Und Hans Krankl, der Mittelstürmer von Rapid Wien, setzte einer erfolgreichen Saison die Krone auf und wurde binnen Sekunden zum Nationalhelden. 41 Tore hatte er in der abgelaufenen Saison geschossen. Hinter dem 25-Jährigen waren Spitzenklubs aus ganz Europa her.

Für die deutsche Mannschaft hatte es sich bitter gerächt, dass man glaubte, auf Franz Beckenbauer verzichten zu können. Der unbestrittene Kopf der Mannschaft war nicht berücksichtigt worden, weil der DFB es ihm übel nahm, in die amerikanische »Operettenliga« zu Cosmos New York gewechselt zu sein.

Der frischgebackene Held von Córdoba schloss sich hingegen dem FC Barcelona an, wurde auf Anhieb Torschützenkönig in der Primera División und gewann mit Barca den Europapokal der Pokalsieger.

Nachdem der »Goleador«, so Krankls Spitzname in Spanien, 1981 zu Rapid Wien zurückgewechselt war, feierte er mit seinem alten und neuen Verein in den folgenden Jahren noch zahlreiche nationale Erfolge. Als er 1989 seine Karriere bei Austria Salzburg ausklingen ließ, konnte er auf die stolze Bilanz von 320 Treffern in 427 Bundesligaspielen zurückblicken.

Karl-Heinz Rummenigge

Vollständiger Name:
Karl-Heinz Rummenigge
Geburtstag: 25. September 1955
Größe: 182 cm
Nation: Deutschland
Vereine:
FC Bayern München: 1974–1984
Inter Mailand: 1984–1987
Servette FC Genève: 1978–1989
Erfolge:
Europameister: 1980
Europapokal der Landesmeister: 1975, 1976
Weltpokal-Sieger: 1976
Deutscher Meister: 1980, 1981
DFB-Pokalsieger: 1982, 1984
Deutschlands Fußballer des Jahres: 1980
Europas Fußballer des Jahres: 1980, 1981
Torschützenkönig in der Bundesliga: 1980, 1981, 1984
Torschützenkönig in der Schweizer Liga: 1989

Viele können nicht unterscheiden zwischen Viererkette und Fahrradkette.

»Mon dieu, Rümmenisch!«, soll Staatspräsident François Mitterand entsetzt ausgerufen haben, als Karl-Heinz Rummenigge beim WM-Halbfinale 1982 zwischen Deutschland und Frankreich eingewechselt wurde. Offenbar war Monsieur le Président ein echter Fußballkenner, der ahnte, was passieren würde.
Frankreich führte mit 3:1 in der Verlängerung und sah schon wie der sichere Sieger aus. Doch Rummenigge, der angeschlagene Kapitän des deutschen Teams, war nur fünf Minuten auf dem Platz, als ihm ein artistischer Treffer gelang, der die Wende in diesem hochdramatischen Match bedeutete.
Am Ende siegte Deutschland 5:4 nach Elfmeterschießen und zog ins Finale gegen Italien ein. Karl-Heinz Rummenigge stand zu diesem Zeitpunkt auf dem Höhepunkt seiner Karriere und war zum zweiten Mal hintereinander zum besten Fußballer Europas gewählt worden. Beim FC Bayern hatte er noch mit den Protagonisten der erfolgreichen 70er-Jahre zusammengespielt, zwei

Mal den Europapokal der Landesmeister sowie ein Mal den Weltpokal gewonnen. Beim Landesmeisterfinale 1976 gegen AS Saint-Étienne stand er gemeinsam mit Sepp Maier, Franz Beckenbauer, Gerd Müller und Uli Hoeneß auf dem Platz.
Danach befand sich die Mannschaft im Umbruch und erlebte ein paar titellose Jahre, ehe sie zu Beginn der 80er zu neuen Höhenflügen ansetzte. Tragende Säule des wieder erstarkten Teams war das Traumpaar Rummenigge/Breitner, wegen seines perfekten Zusammenspiels auch »Breitnigge« genannt. Rummenigge hatte es nicht zuletzt seinem fantastischen Partner und Vorlagengeber zu verdanken, dass er in dieser Zeit drei Mal Torschützenkönig der Bundesliga wurde.
1984 wechselte er für die damalige Rekordablöse von 11,4 Millionen D-Mark zu Inter Mailand, konnte seiner beeindruckenden Titelsammlung aber keine weiteren Erfolge hinzufügen.
Für die Nationalmannschaft erzielte er in 95 Einsätzen 45 Tore und wurde zwei Mal Vizeweltmeister (1982 und 1986).
Heute ist er Vorstandsvorsitzender der FC Bayern München AG und Vorsitzender der European Club Association (ECA).

Paolo Rossi

Vollständiger Name: Paolo Rossi
Geburtstag: 23. September 1956
Größe: 174 cm
Homepage: www.pablitorossi.com
Nation: Italien
Vereine:
Como Calcio: 1976
Vicenza Calcio: 1976–1979
Perugia Calcio (ausgeliehen): 1979–1981
Juventus Turin: 1982–1985
AC Mailand: 1985–1986
Hellas Verona: 1986–1987
Erfolge:
Weltmeister: 1982
Italienischer Meister: 1984
Italienischer Poklasieger: 1984
Europapokal der Pokalsieger: 1984
Champions-League-Sieger: 1985
Torschützenkönig der italienischen Liga: 1978
Wertvollster Spieler der WM: 1982
Torschützenkönig der WM: 1982
Europas Fußballer des Jahres: 1982

Manchen Spielern reicht ein Turnier oder auch nur ein einziges Spiel, um den Fußballfans für immer im Gedächtnis zu bleiben. Und man tut Paolo Rossi nicht unrecht, wenn man ihn zu diesen Spielern zählt. Bei der WM 1982 schoss er die Squadra Azzurra fast im Alleingang zum Weltmeistertitel. Dabei stand das Turnier für den 1,74 Meter kleinen und 66 Kilo leichten Stürmerstar unter einem denkbar ungünstigen Stern.
1979 war Paolo Rossi für zwei Jahre gesperrt worden, weil man ihm vorwarf, in die Manipulation eines Ligaspiels verwickelt zu sein. Erst ab April 1982, nur wenige Wochen vor Beginn der Weltmeisterschaft in Spanien, war er wieder spielberechtigt und wurde vom damaligen Nationaltrainer Enzo Bearzot für den WM-Kader nominiert. Die italienische Presse war äußerst skeptisch, verwies auf Rossis mangelnde Fitness und fehlende Spielpraxis.
Die Skepsis wurde noch größer, als die Mannschaft nur mit Ach und Krach die Zwischenrunde erreichte und Rossi äußerst blass blieb. Doch im entscheidenden Duell gegen die Seleção machte der verkannte Goalgetter das Spiel seines Lebens und wurde zum strahlenden Helden eines italienischen Sommermärchens. Bereits nach fünf Minuten war der Knoten bei Rossi geplatzt, und er erzielte per Kopfball das 1:0. Die hoch favorisierten Brasilianer unter Tele Santana konnten im Verlauf der Partie zwei Mal den Ausgleich erzielen, doch Paolo Rossi hatte stets die richtige Antwort parat und schoss mit drei Treffern die wohl beste brasilianische Mannschaft seit 1970 aus dem Turnier.
Einmal in Fahrt gekommen, erzielte er im Halbfinale gegen Polen zwei weitere Tore und legte im Finale mit seinem sechsten Turniertreffer den Grundstein zum italienischen 3:1-Triumph über Deutschland. Damit wurde er nicht nur Torschützenkönig, sondern auch zum besten Spieler der WM gewählt. Monate später kürte man ihn darüber hinaus zum besten Fußballer Europas.
Es folgten erfolgreiche Jahre bei Juventus Turin an der Seite so berühmter Kollegen wie Michel Platini, Zbigniew Boniek, Marco Tardelli und Claudio Gentile. Doch Paolo Rossis Name wird für alle Zeit mit der Nacht von Barcelona in Verbindung stehen, als er mit seinen drei Toren gegen Brasilien WM-Geschichte schrieb.

Ich wette ein Dreirad gegen einen Porsche, dass Paolo Rossi ausgewechselt wird.

(Ein deutscher Fernsehreporter vor dem Spiel gegen Brasilien)

Michael Laudrup

Vollständiger Name: Michael Laudrup
Geburtstag: 15. Juni 1964
Größe: 183 cm
Nation: Dänemark
Vereine:
Kjøbenhavns Boldklub: 1981
Brøndby IF: 1982–1983
Juventus Turin: 1983–1989
Lazio Rom (ausgeliehen): 1983–1985
FC Barcelona: 1989–1994
Real Madrid: 1994–1996
Vissel Kobe: 1996–1997
Ajax Amsterdam: 1997–1998
Erfolge:
Niederländischer Meister: 1998
Niederländischer Pokalsieger: 1998
Italienischer Meister: 1986
Spanischer Meister: 1991, 1992, 1993, 1994, 1995
Spanischer Pokalsieger: 1990
Europapokal der Landesmeister: 1992
Weltpokal-Sieger: 1985
Dänemarks Fußballer des Jahres: 1982, 1985
Bester ausländischer Spieler der Primera División: 1992, 1993, 1994
Bester ausländischer Spieler der letzten 25 Jahre (1974–1999) in Spanien
Bester dänischer Fußballer aller Zeiten

Michael Laudrup war ein Alleskönner am Ball. Ein Offensiv-Allrounder erster Güte, der je nach Bedarf als kreativer Spielgestalter oder auch wuchtiger Mittelstürmer agierte. Franz Beckenbauer brachte seinen Stellenwert auf den Punkt: »Pelé war der beste Spieler der 60er-, Cruyff der 70er-, Maradona der 80er- und Laudrup der 90er-Jahre.«
Zwischen 1982 und 1998 bestritt er 104 Länderspiele für Dänemark, doch der einzige internationale Triumph seiner Mannschaft blieb ihm versagt. Wegen eines Disputs mit dem damaligen Nationaltrainer Möller-Nielsen gehörte er nicht zum Kader des erfolgreichen EM-Teams von 1992, das erst im Nachhinein das Teilnehmerfeld komplettiert hatte, weil Jugoslawien wegen des Balkankonfliktes ausgeschlossen worden war.

Wie die meisten skandinavischen Topspieler zog es ihn schon früh ins Ausland, um sich in einer der stärksten Ligen der Welt zu beweisen. Mit Juve holte er den »Scudetto« genannten italienischen Meistertitel sowie den Weltpokal.
Ab 1989 war er dann Bestandteil von Johan Cruyffs legendärem Dreamteam in Barcelona und bildete an der Seite von Spielern wie Ronald Koeman, Hristo Stoitchkov und Romário eine der besten Barca-Mannschaften aller Zeiten. Vier Meisterschaften in Folge konnte Michael Laudrup mit dem katalanischen Starensemble gewinnen sowie 1992 den Europapokal der Landesmeister, der in der Saison 1991/92 letztmalig ausgetragen und im Folgejahr durch die Champions League ersetzt wurde.
1994 bewies er Instinkt hinsichtlich des richtigen Zeitpunkts eines Vereinswechsels. Mit Real Madrid gewann er gleich im ersten Jahr seinen fünften spanischen Meistertitel nacheinander.
Seine Karriere als Trainer begann er als Assistent für die Nationalmannschaft seines Landes (2000–2002), bevor er als Cheftrainer Brøndby IF (2002-2006), den FC Getafe (2007-2008) sowie Spartak Moskau (2008–2009) übernahm.

Der beste Spieler der Welt. Ich verstehe nicht, warum er niemals Weltfußballer des Jahres war.

Josep Guardiola

Jürgen Klinsmann

Im letzten Jahrzehnt hat kein Angreifer einer DFB-Auswahl eine derart brillante, ja fast perfekte Vorstellung geboten.

(Die Süddeutsche Zeitung zu Klinsmanns Leistung beim WM-Achtelfinale 1990 gegen die Niederlande)

Vollständiger Name: Jürgen Klinsmann
Geburtstag: 30. Juli 1964
Größe: 181 cm
Nation: Deutschland
Vereine:
Stuttgarter Kickers: 1981–1984
VfB Stuttgart: 1984–1989
Inter Mailand: 1989–1992
AS Monaco: 1992–1994
Tottenham Hotspurs: 1994–1995
FC Bayern München: 1995–1997
Sampdoria Genua: 1997
Tottenham Hotspur: 1998
Orange County Blue Star: 2003–2004
Erfolge:
Weltmeister: 1990
Europameister: 1996
Deutscher Meister: 1997
UEFA-Cup-Sieger: 1991, 1996
Torschützenkönig der Bundesliga: 1988
Torschützenkönig im UEFA-Cup: 1996
Deutschlands Fußballer des Jahres: 1988, 1994
Englands Fußballer des Jahres: 1995
Welttorjäger: 1995

Der lernbegierige Jürgen Klinsmann ist zweifellos ein Kosmopolit unter den Fußballern. In Mailand, wo er für Inter mit Lothar Matthäus und Andreas Brehme eine deutsche Achse bildete, erwarb er sich den Respekt der Tifosi, weil er so schnell Italienisch lernte. Respekt auf dem Fußballplatz verschaffte er sich durch seine leidenschaftliche, kompromisslose Spielweise.
Jürgen Klinsmann war ein extrem laufstarker und einsatzfreudiger Stürmer, der durch seine Begeisterungsfähigkeit in der Lage war, andere mitzureißen und zu motivieren. Mit großem Ehrgeiz arbeitete er schon früh an seinen individuellen Fähigkeiten. Als er noch Zweitligaprofi bei den Stuttgarter Kickers war, trainierte er während der Sommerpause mit den Leichtathleten, um seine Grundschnelligkeit zu verbessern.
Spätestens beim Achtelfinale der WM 1990 gegen die Niederlande sollte sich das zusätzliche Lauftraining auszahlen. Nachdem sein Sturmpartner Rudi Völler bereits in der 22. Minute vom Platz gestellt worden war, machte »Klinsi« im Angriff das Spiel seines Lebens. Mit unbändigem Einsatzwillen rackerte er für zwei, gab keinen Ball verloren, erzielte zwischenzeitlich das 1:0 und stürzte die niederländische Verteidigung von einer Verlegenheit in die andere. Zwei Wochen später konnte Jürgen Klinsmann in Rom den Weltmeisterpokal in die Höhe stemmen.
In England mutierte er binnen kürzester Zeit vom angeblichen Schwalbenkönig zum absoluten Publikumsliebling und wurde zum Spieler des Jahres in der Premier League gewählt. Seine 15 Tore, die er in der UEFA-Saison 1995/1996 für den FC Bayern erzielte, sind immer noch Rekord. Nach Beendigung seiner Profikarriere feierte er im Jahr 2004 ein überraschendes Comeback als Bundestrainer, verpasste dem deutschen Fußball eine Radikalreform und war der Initiator des deutschen Sommermärchens 2006. Sein erstes Engagement als Vereinstrainer währte beim FC Bayern nur zehn Monate, doch wer Klinsmann kennt, der weiß, dass er noch lange nicht am Ende seines Weges angekommen ist.

Marco van Basten

Vollständiger Name: Marcel van Basten
Geburtstag: 31. Oktober 1964
Größe: 186 cm
Fansite: www.marcovanbasten.net
Nation: Niederlande
Vereine:
Ajax Amsterdam: 1982–1987
AC Mailand: 1987–1993
Erfolge:
Europameister: 1988
Niederländischer Meister: 1982, 1983, 1985
Niederländischer Pokalsieger: 1983, 1986, 1987
Italienischer Meister: 1988, 1992, 1993
Champions-League-Sieger: 1989, 1990
Weltpokal-Sieger: 1989, 1990
Niederländischer Fußballer des Jahres: 1985
Torschützenkönig der niederländischen Liga: 1984, 1985, 1986, 1987
Torschützenkönig der italienischen Liga: 1990, 1992
Torschützenkönig in Europa: 1986
Europas Fußballer des Jahres: 1988, 1989, 1992
Weltfußballer des Jahres: 1992

Ich habe die Begeisterung in dem Moment gar nicht verstanden.
(Marco van Basten zu seinem Jahrhunderttor)

Es war ein vermessener Torschuss, der Winkel zu spitz, der Schütze viel zu weit in Richtung Eckfahne abgedrängt. Doch Marco van Basten nimmt die weite Flanke seines Teamgefährten Arnold Mühren volley, als sei es ein Kinderspiel: Der Ball beschreibt eine elliptische Flugbahn und senkt sich über den machtlosen sowjetischen Keeper ins lange Eck des Tores. Vermutlich war es einer der spektakulärsten Treffer der Fußballgeschichte, der die Niederlande endgültig zum Europameister 1988 machte. Um jemandem heute die Faszination van Bastens zu erklären, reicht es vollkommen, dieses eine Tor zu zeigen. In ihm vereinen sich seine sagenhaften Torjägerqualitäten mit der Eleganz und Ästhetik des holländischen Stils.
Marco van Basten stand zu diesem Zeitpunkt im Zenit seiner Karriere. Schon bei Ajax Amsterdam war er ein Star gewesen. Er trifft, wie er will, wird vier Mal hintereinander Torschützenkönig der heimischen Ehrendivision und schießt 1986 mit 37 Toren in 26 Spielen sprichwörtlich den Vogel ab. Nach seinem Traumtor im EM-Finale hat Silvio Berlusconi angeblich höchstpersönlich alle Hebel in Bewegung gesetzt, um den holländischen Wunderstürmer für seinen AC Mailand zu verpflichten.
Bei den »Rossoneri« (den »Schwarz-roten«) prägte er mit seinen Landsleuten Ruud Gullit und Frank Rijkaard eine Ära, gewann drei Mal die italienische Meisterschaft und je zwei Mal die Champions League und den Weltpokal. Der AC Mailand durfte sich im Jahr 1990 mit Fug und Recht als beste Vereinsmannschaft der Welt betrachten. Doch »San Marco«, wie er inzwischen genannt wurde, litt zunehmend unter einer chronischen Knöchelverletzung und musste seine Karriere 1993 vorzeitig beenden.
Als Bondscoach leitete er die Geschicke der niederländischen Nationalmannschaft von 2004 bis 2008. Anschließend übernahm er als Trainer seinen alten Klub Ajax Amsterdam, trat jedoch schon ein gutes Jahr später wegen Erfolglosigkeit zurück.

Alessandro Del Piero

Vollständiger Name: Alessandro Del Piero
Geburtstag: 9. November 1974
Größe: 173 cm
Homepage: www.alessandrodelpiero.com
Nation: Italien
Bisherige Vereine:
Calcio Padova: 1991–1993
Juventus Turin: seit 1993
Bisherige Erfolge:
Weltmeister: 2006
Italienischer Meister: 1995, 1997, 1998, 2002, 2003
Italienischer Pokalsieger: 1995
Champions-League-Sieger: 1996
Weltpokal-Sieger: 1996
Italiens Fußballer des Jahres: 1998, 2008
Torschützenkönig der italienischen Liga: 2008
Torschützenkönig der Champions League: 1998

Sie hat immer gesagt, dann müsste ich weniger schwitzen und würde nicht so oft krank werden.

(Del Piero über seine Mutter, die wollte, dass er Torwart wird)

Seine Fans nennen ihn »Pinturicchio«, nach einem italienischen Renaissancemaler, weil auch er ein Künstler ist. Mit über 600 Einsätzen ist der offensive Kreativspieler Alessandro Del Piero Rekordhalter und Identifikationsfigur bei Juventus Turin. Viele internationale Stars haben die Fans der »alten Dame« kommen und gehen sehen, doch Pinturicchio scheint immer schon da gewesen zu sein.

Nachdem er die Jugendmannschaften von Calcio Padova durchlaufen hatte, wechselte Del Piero 1993 nach Turin, wo er zunächst im Schatten des damaligen Weltfußballers Roberto Baggio stand. Die erste Juve-Meisterschaft seit neun Jahren gewannen die beiden Stürmerstars 1995 Seite an Seite, doch Roberto Baggio absolvierte nur noch die Hälfte der Partien und musste akzeptieren, dass Del Piero auch in der Publikumsgunst an ihm vorbeigezogen war. Baggio wechselte nach dieser Saison zum AC Mailand, während Del Piero den Traditionsverein zum Sieg in der Champions League führte und mit seinem Tor zum 1:0-Sieg gegen River Plate auch den Weltpokal nach Turin holte.

Endgültig ins Herz geschlossen haben die Juve-Anhänger Del Piero spätestens nach dem Zwangsabstieg im Jahr 2006. Als Erster erklärte er damals, seinem Klub auch in der Serie B die Treue zu halten: »Ein Kavalier lässt seine Dame nicht im Stich.« Teamkollegen wie Fabio Cannavaro, Gianluca Zambrotta, Lilian Thuram, Zlatan Ibrahimovic oder Patrick Viera zogen einen Vereinswechsel vor.

Als Kapitän wurde Del Piero Torschützenkönig in der zweiten Liga und führte sein Team umgehend zurück in die oberste Spielklasse. Am 6. April 2008 bestritt er sein 553. Spiel im schwarz-weiß gestreiften Juvetrikot und löste Gaetano Scira als Rekordspieler ab. Im Alter von 34 Jahren wurde er erstmals Torschützenkönig der Serie A und zum zweiten Mal zu Italiens Fußballer des Jahres gewählt.

Im Nationalteam, mit dem er ab der EM 1996 bei allen großen Turnieren teilnahm und 2006 Weltmeister wurde, hat er inzwischen seinen Stammplatz verloren, wird ihm aber weiterhin zur Verfügung stehen.

Stéphane Chapuisat

Vollständiger Name: Stéphane Chapuisat
Geburtstag: 28. Juni 1969
Größe: 181 cm
Nation: Schweiz
Vereine:
ES FC Malley LS: 1986–1987
FC Lausanne-Sport: 1987–1990
Bayer 05 Uerdingen: 1991
Borussia Dortmund: 1991–1999
Grashoppers Zürich: 1999–2002
Young Boys Bern: 2002–2005
FC Lausanne-Sport: 2005–2006
Erfolge:
Deutscher Meister: 1995, 1996
Champions-League-Sieger: 1997
Weltpokal-Sieger: 1997
Schweizer Meister: 2001
Torschützenkönig der Schweizer Liga: 2001, 2004
Schweizer Fußballer des Jahres: 1992, 1993, 1994, 2001
WM-Teilnehmer: 1994
EM-Teilnehmer: 1996, 2004

Der linke Fuß ist seiner, der rechte nicht.

(Marcel Reif über Stéphane Chapuisat)

Wie der Vater, so der Sohn. Pierre-Albert Chapuisat spielte 34 Mal für die Schweizer Nationalmannschaft und begann seine Fußballerkarriere beim siebenfachen Schweizer Meister Lausanne-Sport. Dort machte 1987 auch sein Sohn Stéphane auf sich aufmerksam, als er bereits nach wenigen Monaten die Schweizer Torschützenliste anführte.
Nach einer kurzen Zwischenstation in Uerdingen holte ihn Ottmar Hitzfeld 1991 zu Borussia Dortmund. Gleich in seinem ersten Jahr schoss »Chappi«, wie er von den Fans genannt wurde, 20 Tore in 37 Spielen, wurde zweitbester Bundesligatorschütze in dieser Saison und trug maßgeblich dazu bei, dass der westfälische Traditionsklub die Vizemeisterschaft errang. 1995 konnte er wegen eines Kreuzbandrisses nur 20 Spiele absolvieren, schoss in diesen jedoch zwölf Tore und verhalf der Borussia zum ersten Meistertitel seit 32 Jahren.

Der absolute Höhepunkt seiner Vereinskarriere wurde der 27. Mai 1997 im Münchner Olympiastadion, als die Borussia Juventus Turin im Finale der Champions League mit 2:1 bezwang. Karl-Heinz Riedle avancierte mit seinen beiden Toren zum großen Star dieses Endspiels. Außerdem hatte die Borussia mit Julio César, Jürgen Kohler und Andreas Möller drei ehemalige Juve-Stars in ihren Reihen.
Zu diesem Zeitpunkt war der ebenso sympathische wie kampfstarke Chapuisat in Dortmund längst zum Publikumsliebling geworden. Er war einer der instinktsichersten und schlitzohrigsten Strafraumspieler der Bundesligageschichte. Insgesamt gelangen dem Linksfuß in 228 Einsätzen 106 Tore. Nur Giovane Elber und Claudio Pizarro waren noch erfolgreicher.
Dass er mit 32 Jahren noch nicht zum alten Eisen gehörte, stellte er nach seinem Wechsel in die Schweiz unter Beweis, als er im Jahr 2001 nicht nur seinen ersten Schweizer Meistertitel holte, sondern auch zum vierten Mal zum Schweizer Fußballer des Jahres gewählt wurde. Mit der »Nati« nahm der 103-fache Nationalspieler an der WM 1994 in den USA sowie an den EM-Turnieren 1996 in England und 2004 in Portugal teil.
Nach Beendigung seiner aktiven Karriere wurde Chapuisat 2007 zum FIFA-Botschafter für SOS-Kinderdörfer ernannt. Heute arbeitet er als Technischer Berater und Stürmertrainer für den BSC Young Boys.
Der Schweizer Fußballverband kürte Stéphane Chapuisat außerdem zum herausragenden eidgenössischen Spieler der letzten 50 Jahre.

Ronaldo

Am 12. Juli 1998 befand sich ganz Brasilien in tiefer Verzweiflung. Es war der Tag des WM-Finales zwischen Frankreich und der Seleção. In der Nacht hatte Ronaldo einen rätselhaften epileptischen Anfall erlitten und drohte auszufallen. Auf jeden Spieler hätten die Brasilianer zur Not verzichten können, nur nicht auf ihn, »Il Fenomeno«, den besten Stürmer dieses Planeten. Als Ronaldo dann doch auflief, war der amtierende Weltfußballer des Jahres nur ein Schatten seiner selbst, und die Seleção hatte nicht den Hauch einer Chance. Doch an diesem Tag hätte wohl auch »Il Fenomeno« in Bestform gegen die phänomenalen Franzosen nichts ausrichten können. Bereits vier Jahre zuvor hatte der 17-Jährige zum Kader der Weltmeistermannschaft von 1994 gehört, war während des Turniers in den USA aber nicht zum Einsatz gekommen. 1996 wurde er als jüngster Spieler aller Zeiten erstmals zum Weltfußballer des Jahres gewählt und erzielte für den PSV Eindhoven in 57 Spielen sagenhafte 54 Treffer. Nachdem sich der FC Barcelona 1997 seine Dienste gesichert hatte, ging Ronaldos persönliche Erfolgsgeschichte unvermindert weiter. Er häufte Titel auf Titel und Ehrung auf Ehrung. Im Jahr 2002 war er zugleich bester Spieler Europas als auch der ganzen Welt, wurde Torschützenkönig der WM und wechselte von Inter Mailand zu den »Galaktischen« nach Madrid, die zuvor bereits Luís Figo und Zinédine Zidane verpflichtet hatten. Im Jahr 2003 komplettierte David Beckham diese einzigartige Ansammlung von Superstars.

Vollständiger Name:
Ronaldo Luís Nazário de Lima
Geburtstag: 22. September 1976
Größe: 183 cm
Homepage: www.ronaldo.com
Nation: Brasilien, Spanien
Bisherige Vereine:
Cruzeiro Belo Horizonte: 1993–1994
PSV Eindhoven: 1994–1996
FC Barcelona: 1996–1997
Inter Mailand: 1997–2002
Real Madrid: 2002–2007
AC Mailand: 2007–2008
Corinthians São Paulo: seit 2009
Bisherige Erfolge:
Weltmeister: 1994, 2002
Copa-América-Sieger: 1997, 1999
Europapokal der Pokalsieger: 1997
UEFA-Cup-Sieger: 1998
FIFA-Klub-Weltmeisterschaft: 2007
Weltpokal-Sieger: 2002
Niederländischer Pokalsieger: 1996
Spanischer Meister: 2003, 2007
Spanischer Pokalsieger: 1997
Meister des Bundesstaates Minas Gerais: 1994
Meister des Bundesstaates São Paulo: 2009
Brasilianischer Pokalsieger: 1993, 2009
Torschützenkönig der niederländischen Liga: 1996
Torschützenkönig der spanischen Liga: 1997, 2004
Torschützenkönig in Europa: 1997
Welttorjäger: 1997
Europas Fußballer des Jahres: 1997, 2002
Weltfußballer des Jahres: 1996, 1997, 2002
Bester Spieler der WM 1998
WM-Torschützenkönig: 2002

Seit der WM 2006 ist er auch noch alleiniger WM-Rekordtorschütze mit 15 Treffern bei drei Turnieren. Gerd Müller gelangen bei zwei Teilnahmen 14 Tore.
Inzwischen ist es um »Il Fenomeno«, der mit einer Sportartikelfirma einen Werbevertrag auf Lebenszeit hat, ein wenig stiller geworden. Nach einer Reihe von Verletzungen hatte er immer mehr Mühe, zu seiner alten Form und seinem alten Kampfgewicht zurückzufinden.
Seit dem Sommer 2009 kickt er wieder in seiner brasilianischen Heimat, scheint das Siegen jedoch nicht verlernt zu haben. Mit Corinthians São Paulo gewann er auf Anhieb die Meisterschaft des Bundesstaates São Paulo sowie den brasilianischen Pokalwettbewerb.

Ich bin nicht dick. Nur mein Biotyp hat sich geändert.

(Ronaldo über seine Figur)

Raúl

Vollständiger Name: Raúl González Blanco
Geburtstag: 27. Juni 1977
Größe: 180 cm
Nation: Spanien
Bisheriger Verein:
Real Madrid: seit 1994
Bisherige Erfolge:
Spanischer Meister: 1995, 1997, 2001, 2003, 2007, 2008
Champions-League-Sieger: 1998, 2000, 2002
Weltpokal-Sieger: 1998, 2002
Spaniens Fußballer des Jahres: 1997, 1999, 2000, 2001, 2002
Torschützenkönig der spanischen Liga: 1999, 2001
Welttorjäger: 1999
Bester Stürmer der Champions League: 2000, 2001, 2002
Rekordtorschütze von Real Madrid
Rekordtorschütze der Champions League
Rekordtorschütze der spanischen Nationalmannschaft

In einem Stadion mit 100 000 Zuschauern kann er spielen wie auf einem Schulhof.

Alfredo Di Stéfano

Der gebürtige Madrilene Raúl González Blanco sammelte seine ersten Erfahrungen beim Vorstadtklub San Christobal de Los Angeles, ehe er im Alter von 13 Jahren zu Atlético Madrid wechselte. Dort gewann er sogleich die spanische U15-Meisterschaft, musste sich aber schon bald nach einem neuen Verein umsehen, weil der damalige Atlético-Präsident Jesús Gil y Gil aus Kostengründen die gesamte Jugendabteilung auflöste. Raúl, dessen Vater und älterer Bruder leidenschaftliche Fans von Atlético sind, bezeichnete dies später als die »größte Enttäuschung meines Lebens«.
Daraufhin schloss er sich dem Stadtrivalen Real an, wo er ins C-Team unter Jorge Valdano aufgenommen wurde. In den ersten sieben Spielen schoss er sogleich 13 Tore und durfte schon am 29. Oktober 1994 seinen Einstand in

der Primera División geben. Mit 17 Jahren und vier Monaten war er der jüngste Debütant in der Vereinsgeschichte der »Königlichen«. Im Eiltempo entwickelte sich der antrittsschnelle und dribbelstarke Raúl zu einer der Stützen des Teams, aus dem er allmählich den großen Goalgetter der vergangenen Jahre Emilio Butragueño verdrängte. Doch während er mit Real in den nächsten Jahren auf eine beeindruckende Titeljagd ging und sich als einer der besten Stürmer der Welt etablierte, war seine Nationalmannschaftskarriere von weniger Erfolg gekrönt. Bei der WM 1998 schieden die Iberer schon in der Vorrunde aus. Zwei Jahre später lagen sie im Viertelfinale der EM gegen Frankreich mit 1:2 zurück, als ihnen in der 90. Minute ein Elfmeter zugesprochen wurde. Doch Kapitän Raúl setzte den Ball persönlich über die Latte und besiegelte so das Ausscheiden seiner Mannschaft. Auch die nächsten großen Turniere verliefen für die Spanier enttäuschend.

Die große Zeit des spanischen Nationalteams nahm erst mit der 2008 gewonnen EM ihren Anfang, bei der Raúl nicht mehr im Kader stand. Seinem Weltruhm tut dies jedoch keinen Abbruch. Dass der vereinstreue Raúl bei Real schon jetzt Kultstatus besitzt, zeigt auch die Tatsache, dass der Klub bereits angekündigt hat, sein Trikot dereinst im vereinseigenen Museum auszustellen und die Nummer 7 nicht mehr zu vergeben.

Thierry Henri

Vollständiger Name: Thierry Daniel Henry
Geburtstag: 17. August 1977
Größe: 188 cm
Nation: Frankreich
Bisherige Vereine:
AS Monaco: 1993–1998
Juventus Turin: 1998–199
FC Arsenal: 1999–2007
FC Barcelona: seit 2007
Bisherige Erfolge:
Weltmeister: 1998
Europameister: 2000
Französischer Meister: 1997
Englischer Meister: 2002, 2004
Englischer Pokalsieger: 2002, 2003, 2005
Spanischer Meister: 2009
Spanischer Pokalsieger: 2009
Champions-League-Sieger: 2009
Frankreichs Fußballer des Jahres: 2000, 2003, 2004, 2005, 2006
Englands Fußballer des Jahres: 2003, 2004, 2006
Torschützenkönig der englischen Liga: 2002, 2004, 2005, 2006
Torschützenkönig in Europa: 2004, 2005

Er ist ein wandelndes Lehrbuch in der Kunst des Angriffsspiels.

(Bixente Lizarazu über Thierry Henri)

Wenige Weltklassespieler haben eine so gründliche Ausbildung genossen wie Thierry Henri. Von seinem 13. bis 15. Lebensjahr besuchte er das Trainingszentrum des französischen Fußballverbands INF Clairfontaine, das für seine strengen Auswahlkriterien bekannt ist. Später wurde er ins Fußballinternat des AS Monaco aufgenommen und debütierte bereits als 17-Jähriger in der ersten Mannschaft. Zwei Jahre darauf wurde er an der Seite von David Trézéguet U-18-Europameister und zu Frankreichs bestem Nachwuchsspieler gewählt. Bei der WM im eigenen Land 1998 kam Henri bereits in allen sieben Spielen zum Einsatz und war mit drei Treffern bester Torschütze seiner Mannschaft.

Nachdem der französische Shootingstar von zahlreichen europäischen Spitzenmannschaften umworben worden war, machte schließlich Juventus Turin das Rennen. Doch bei der »alten Dame« kam er nicht zurecht, musste teilweise als Mittelfeld- oder Abwehrspieler aushelfen und wechselte schon ein Jahr später zu Arsenal London. Dort fand er in Arsène Wenger einen klugen Förderer, spielte als klassischer Mittelstürmer und schoss in seiner ersten Premier-League-Saison sofort 19 Tore.
In den folgenden Jahren entwickelte sich der pfeilschnelle Henri, dessen Eleganz und Geschmeidigkeit unübertroffen sind, zu einem der beständigsten Torjäger der Welt, wurde vierfacher Rekordschütze der englischen Liga und gewann zwei Mal den Goldenen Schuh als bester Goalgetter Europas.
Auch in der französischen Nationalmannschaft hat Henri, der am 3. Juni 2008 sein 100. Länderspiel bestritt, Michel Platini als Rekordtorschützen abgelöst.
Trotz seiner großen Identifikation mit den »Gunners« entschied er sich im Sommer 2007 zu einem Wechsel zum FC Barcelona, mit dem er zwei Jahre später das Triple aus Meisterschaft, Pokal- und Champions-League-Sieg gewann.

Didier Drogba

Didier Drogba, genannt »Tito«, wuchs gemeinsam mit sechs Geschwistern in einem Armenviertel von Abidjan auf, der größten Stadt der Elfenbeinküste. Im Alter von fünf Jahren wurde er zu seinem Onkel Michel Goba nach Brest geschickt. Der war Fußballprofi und ivorischer Nationalspieler, musste sich allerdings bei unterklassigen Vereinen durchschlagen, was für Tito ein ziemlich unstetes Leben zur Folge hatte. Immer wenn sein Onkel den Klub wechselte, zog er mit. Abbeville, Tourcoing und schließlich zurück in die Bretagne.

Mit 21 Jahren unterschrieb Didier Drogba seinen ersten Profivertrag beim Zweitligisten UC Le Mans, wo er auch als rechter Verteidiger und im Mittelfeld eingesetzt wurde. Nach seinem Wechsel zum bretonischen Erstligisten EA Guingamp traten seine Torjägerqualitäten jedoch immer deutlicher zutage. Im Jahr 2003 konnte er dann das Trikot seines Lieblingsklubs, Olympique Marseille, überstreifen, doch was als langfristiges Engagement gedacht war, dauerte nur ein Jahr. Beim FC Chelsea entwickelte er sich unter José Mourinho endgültig zu einem der besten und komplettesten Stürmer der Welt, gewann zwei Mal die englische Meisterschaft und wurde 2007 Torschützenkönig der Premier League.

In der ivorischen Nationalmannschaft ist Drogba mit 35 Toren in 52 Spielen Rekordtorjäger.

Vollständiger Name: Didier Yves Drogba Tébily
Geburtstag: 11. März 1978
Größe: 188 cm
Homepage: www.didierdrogba.com
Nation: Elfenbeinküste, Frankreich
Bisherige Vereine:
UC Le Mans: 1997–2003
EA Guingamp: 2002–2003
Olympique Marseille: 2003–2004
FC Chelsea: seit 2004
Bisherige Erfolge:
Englischer Meister: 2005, 2006
Englischer Pokalsieger: 2007, 2009
Torschützenkönig der englischen Liga: 2007
Frankreichs Spieler des Jahres: 2004
Afrikas Fußballer des Jahres: 2006
Fußballer des Jahres der Elfenbeinküste: 2006, 2007

Fußball ist und bleibt ein Spiel. Das ganze Drumherum interessiert mich nicht.

Samuel Eto'o

Vollständiger Name: Samuel Fils Eto'o
Geburtstag: 10. März 1981
Größe: 180 cm
Homepage: www.samueletoo.net
Nation: Kamerun, Spanien
Bisherige Vereine:
CD Leganés (ausgeliehen): 1997–1998
Real Madrid: 1998
Espanyol Barcelona (ausgeliehen): 1999
Real Madrid: 1999
RCD Mallorca (ausgeliehen): 1999–2004
FC Barcelona: 2004–2009
Inter Mailand: seit 2009
Bisherige Erfolge:
Olympiasieger: 2000
Afrika Cup-Sieger: 2000, 2002
Spanischer Meister: 2005, 2006, 2009
Spanischer Pokalsieger: 2003, 2009
Champions-League-Sieger: 2006, 2009
Weltpokal-Sieger: 1998
Afrikas Fußballer des Jahres: 2003, 2004, 2005
Bester Stürmer der Champions League: 2006
Torschützkönig der spanischen Liga: 2006

Schon im Alter von 15 Jahren entdeckten ihn die Talentscouts von Real Madrid. Von 1997 bis 2004 besaß er einen Profivertrag bei den »Königlichen«, spielte für das Jugendteam und die zweite Mannschaft, konnte sich aber nie richtig durchsetzen. Um Spielpraxis zu sammeln, wurde er mehrfach ausgeliehen, zunächst an den Zweitligisten CD Leganés, für wenige Monate an Espagnol Barcelona und fünf Jahre lang an RCD Mallorca. Dort blühte Eto'o endlich so richtig auf und konnte auch in der Primera División dem Ruf eines außerordentlich gefährlichen Torjägers gerecht werden, den er sich als Nationalspieler seines Landes seit 1996 bereits erworben hatte. Von nun an zählte er regelmäßig zu den Toptorschützen der spanischen Liga.

Der Opa ist alles andere als ein Rassist.

(Samuel Eto'o über Luis Aragonés, seinen ehemaligen Trainer beim RCD Mallorca)

In den Begegnungen zwischen Mallorca und Real Madrid schien er sich dann regelmäßig dafür rächen zu wollen, dass sein Talent in der spanischen Hauptstadt nicht hinreichend gewürdigt worden war. Im Mai 2003 erzielte er ein Tor beim sensationellen 5:1-Auswärtssieg seines RCD Mallorca im Bernabéu-Stadion. Und ein Jahr später sorgte er nach einem fulminanten Solo für das entscheidende 3:2 gegen Real.
Mit der Nationalmannschaft Kameruns war er zu diesem Zeitpunkt bereits Olympiasieger und zweifacher Afrika-Cup-Sieger geworden, hatte an zwei Weltmeisterschaften teilgenommen und im Jahr 2003 die Wahl zum besten Fußballer des afrikanischen Kontinents für sich entschieden. In den nächsten beiden Jahren verteidigte Eto'o diesen Titel und ist nach Abédi Pelé, der vier Mal in Folge gewinnen konnte, der einzige afrikanische Fußballer, der drei Jahre hintereinander diese Auszeichnung erringen konnte.
Beim FC Barcelona stürmte er ab dem Jahr 2004 an der Seite so berühmter Kollegen wie Ronaldinho, Thierry Henri und Lionel Messi, wurde dreifacher spanischer Meister, zweifacher Champions-League-Sieger und 2006 mit 26 Treffern Torschützenkönig der spanischen Liga. Im Zuge eines überraschenden Spielertauschs mit Zlatan Ibrahimovic wechselte Samuel Eto'o im Juli 2009 zu Inter Mailand.

Zlatan Ibrahimovic

Vollständiger Name: Zlatan Ibrahimovic
Geburtstag: 3. Oktober 1981
Größe: 192 cm
Nation: Schweden, Bosnien-Herzegowina
Bisherige Vereine:
Malmö FF: 1999–2001
Ajax Amsterdam: 2001–2004
Juventus Turin: 2004–2006
Inter Mailand: 2006–2009
FC Barcelona: seit dem 25. Juli 2009
Bisherige Erfolge:
Niederländischer Meister: 2002, 2004
Niederländischer Pokalsieger: 2002
Italienischer Meister: 2007, 2008, 2009
Italiens Fußballer des Jahres: 2008
Schwedens Fußballer des Jahres: 2005, 2007, 2008
Torschützenkönig der italienischen Liga: 2009

Aufgewachsen ist Zlatan Ibrahimovic als Sohn bosnischer Einwanderer in Rosengard, einem heruntergekommenen Vorort von Malmö. In keiner schwedischen Gemeinde leben mehr Migranten als hier. Die Arbeitslosigkeit liegt bei 62 Prozent. Seine Schuldirektorin sagte später, Zlatan sei einer der fünf unruhigsten Schüler gewesen, die sie je erlebt habe. Eine Unruhe, die der Junge beim Fußball offenbar in produktive Bahnen lenkte.
In seiner Jugend kickte er für Anadolu BI und den FBK Balkan und wäre auch gern für die bosnische Nationalmannschaft aufgelaufen. Die lud ihn zu einem Probetraining ein, fand ihn aber nicht talentiert genug. Ein Urteil, das er bereits kurz darauf in der schwedischen U 21-Natio-

nalmannschaft widerlegte, für die er in sieben Spielen sechs Treffer erzielte.

Von da an ging es Schlag auf Schlag: Malmö FF – Ajax Amsterdam – Juventus Turin – Inter Mailand. Überall erwies sich Ibrahimovic als stets präsenter und kaltschnäuziger Torjäger, der trotz seiner Körpergröße von 1,92 Meter über eine ausgezeichnete Technik verfügt.

Bei der Europameisterschaft 2004 in Portugal gelang ihm kurz vor Ende der Partie ein artistisches Hackentor gegen Italien. Es war einer dieser Treffer, die ein Goalgetter braucht, um nachhaltige Berühmtheit zu erlangen. Im Jahr 2005 wurde er zum Weltfußballer des Jahres nominiert.

Der exzentrische Superstar, der auch als eigensinnig und großmäulig bekannt ist, hat sich längst als einer der vielseitigsten und gefährlichsten Stürmer seiner Zeit etabliert und galt im Jahr 2009 mit einem Nettogehalt von 15 Millionen Euro als bestbezahlter Fußballprofi der Welt. Im Sommer 2009 wurde bekannt, dass er mit Barcelonas Starstürmer Eto'o den Arbeitsplatz wechselt und seine Karriere beim FC Barcelona fortsetzt.

Ich bin mein eigenes Idol.

Wayne Rooney

Vollständiger Name: Wayne Mark Rooney
Geburtstag: 24. Oktober 1985
Größe: 176 cm
Homepage: www.waynerooney.com
Nation: England
Bisherige Vereine:
FC Everton: 2002–2004
Manchester United: seit 2004
Bisherige Erfolge:
Englischer Meister: 2007, 2008, 2009
Champions-League-Sieger: 2008
FIFA-Klub-Weltmeisterschaft: 2008
PFA–Jugendspieler des Jahres: 2005, 2006
Tor des Jahres in England: 2005, 2007
EM-Teilnehmer: 2004
WM-Teilnehmer: 2006

Ich denke, die Zuschauer erwarten eine Menge von mir – sollen sie auch!

Wayne Mark Rooney ist der älteste von drei Söhnen des ehemaligen Preisboxers Thomas Wayne Rooney. Er wuchs in einer Liverpooler Arbeitersiedlung auf, begann im Alter von sieben Jahren mit dem Boxen und musste sich mit 13 zwischen Boxen und Fußball entscheiden. Damals besaß er bereits einen Jugendspielervertrag bei seinem Lieblingsklub, dem FC Everton. Dort begann im Jahr 2002 auch seine Profikarriere. Am 19. Oktober 2002 wurde er durch den 2:1-Siegtreffer gegen den FC Arsenal der jüngste Torschütze der Premier-League-Geschichte. Noch im selben Jahr stellte er den nächsten Rekord auf, indem er sich für 37 Millionen Pfund von Manchester United verpflichten ließ. Dies ist bis heute der weltweit teuerste Transfer eines Jugendlichen. Sein Debüt für die »Red Devils« gab er am 28. September 2004 in der Champions League gegen Fenerbahçe Istanbul, bei dem er sogleich einen Hattrick erzielte.

Bei der EM 2004 in Portugal wurde Rooney zum neuen Superstar der englischen Mannschaft, als er in den Gruppenspielen Kroatien und die Schweiz fast im Alleingang besiegte und insgesamt vier Tore erzielte. Am Ende des Turniers wurde er ins EURO-All-Star-Team gewählt und war bester Torschütze der englischen Mannschaft.

Nachdem Rooney in den folgenden Jahren eine Reihe von nationalen Titeln mit Manchester United gewann, krönte er seine bisherige Karriere mit dem Gewinn der Champions League 2008. In Moskau wurde der Ligarivale Chelsea London mit Michael Ballack im Elfmeterschießen bezwungen.

Auf dem Platz ist Wayne »Wazza« Rooney als unbändiger Hitzkopf bekannt. Bei der WM 2006 wurde er im Viertelfinale gegen Portugal wegen einer Tätlichkeit vom Platz gestellt und kassierte in einem Freundschaftsspiel zwischen ManU und dem FC Porto wegen eines Ellbogenchecks die rote Karte. Dass er das Boxen nicht verlernt hat, bewies er im September 2006, als er den Blackburn-Rovers-Spieler Michael Gray in einem Pub k.o. schlug, nachdem dieser Rooneys Freundin beleidigt hatte.

In seinen besten Momenten gleicht Rooneys Spiel einem Naturereignis. Wenn er mit der Urgewalt eines Wirbelsturms über den Platz fegt, ausgestattet mit unwiderstehlichem Antritt und einem beidfüßig harten Schuss, dann ist er wie kaum ein Zweiter in der Lage, die Zuschauer von den Sitzen zu reißen.

Lionel Messi

Vollständiger Name: Lionel Andrés Messi
Geburtstag: 24. Juni 1987
Größe: 169 cm
Homepage: www.leomessi.com
Nation: Argentinien, Spanien
Bisheriger Verein:
FC Barcelona seit 2003
Bisherige Erfolge:
Olympiasieger: 2004, 2008
U-20-Weltmeister: 2005
Spanischer Meister: 2005, 2006, 2009
Spanischer Pokalsieger: 2009
Champions-League-Sieger: 2006, 2009
Argentiniens Fußballer des Jahres: 2005, 2007
Torschützenkönig der Champions League: 2009
Bester ausländischer Spieler der Primera División: 2007
Weltfußballer des Jahres: 2009

Ich konnte mir keine Schmerzen erlauben. Ich konnte sie vor meinem neuen Klub nicht zeigen. Denn ihm verdanke ich doch alles.

Sie nannten ihn «La pulga», der Floh. So winzig und schmal war der kleine Leo, dass der berühmte Club River Plate seiner Heimatstadt Buenos Aires es einst ablehnte, ihn in seine Jugend aufzunehmen. Daraufhin knüpfte sein Vater Kontakte zum großen FC Barcelona. Dort durfte der 13-jährige, knapp 1,40 Meter kleine argentinische Junge ein Probetraining absolvieren. Ein Jugendtrainer war so begeistert, dass er ihn auf einer Serviette sofort einen Vertrag unterschreiben ließ. Der FC Barcelona übernahm die Kosten für die teure Hormonbehandlung und impfte ihm zugleich die Barca-Fußballkultur ein. Messi musste sich in den nächsten vier Jahren täglich jeweils eine Spritze ins rechte und linke Bein setzen und teils ungeheure Schmerzen ertragen.
In seinem ersten Spiel in der Barca-Jugend erzielte der Linksfuß gleich fünf Treffer und hatte am Ende der Saison in 30 Spielen 35 Tore geschossen. Seit 2004 steht Messi im Kader der ersten Mannschaft, wurde 2005 zum jüngsten Torschützen in der Vereinsgeschichte und verlängerte im September desselben Jahres seinen Vertrag bis 2014. Die Ablösesumme wurde auf 150 Millionen Euro festgesetzt. Kurz darauf erhielt er die spanische Staatsbürgerschaft und fällt somit nicht mehr unter das Ausländerkontingent.
Am 17. August 2005 feierte Messi gegen Ungarn sein Debüt in der Nationalmannschaft, sah aber bereits 90 Sekunden nach seiner Einwechselung wegen einer Tätlichkeit die rote Karte.
2005 und 2006 gewann er mit dem FC Barcelona die spanische Meisterschaft und den spanischen Supercup, 2006 darüber hinaus die Champions League und wurde 2007 zum besten ausländischen Spieler der Primera División gewählt.
Heute gilt Lionel Messi bereits als Jahrhunderttalent und in Argentinien als legitimer Nachfolger von Diego Maradona. Er kann im offensiven Mittelfeld und im Sturm eingesetzt werden, ist wendig und dribbelstark, hat einen explosiven Antritt und glänzt nicht nur als Torjäger, sondern auch als exzellenter Vorbereiter.

Beim Champions-League-Finale 2009 gegen Manchester United erwies er sich zu allem Überfluss als Kopfballungeheuer: Xavis Flanke in der 71. Minute schien unerreichbar, doch der kleine Messi schraubte sich hoch in die Luft, schien dort regelrecht auf den Ball zu warten und köpfte ihn schließlich zum 2:0-Endstand in die Maschen. Seinem Talent scheinen wahrhaftig keine Grenzen gesetzt zu sein.

Nationalteams

Die besten Mannschaften

WM 1998, Sieger Frankreich

Brasilianische Abwehrmauer, Endspiel 1970

BR Deutschland – Niederlande, Endspiel 1974

Nationalmannschaft der Bundesrepublik Deutschland, 1972

Brasilien 1970

Felix
Brito
Piazza
Carlos Alberto
Everaldo
Clodoaldo
Gerson
Pelé
Rivelino
Jairzinho
Tostão

Endspiel WM 1970, Pelé (Brasilien, li.) trifft zum 1:0, Endstand Brasilien – Italien 4:1.

Es war eine stark verjüngte Seleção, die beim WM-Finale in Mexiko 1970 auf dem Platz stand. Nach dem enttäuschenden Abschneiden bei der WM 1966 hatte man um den Superstar Pelé eine neue, hungrige Mannschaft aufgebaut, bei der sich insbesondere Jairzinho und Roberto Rivelino in den Vordergrund spielten. Sie bot eine perfekte Synthese aus südamerikanischer Technik und europäischer Disziplin. Ihr Spiel war insgesamt schneller, aber auch zielstrebiger und besser geordnet als früher. Auf dieser Grundlage zelebrierten die Zauberer vom Zuckerhut einen begeisternden Offensivfußball, getragen von sprudelnder Spielfreude und einem Esprit, dem kein Gegner gewachsen war. Im Finale hatte die italienische Mannschaft mit Stars wie Riva, Mazzola, Facchetti und Boninsegna zunächst noch einigermaßen mithalten können, musste in der zweiten Halbzeit aber vor dem unwiderstehlichen Angriffswirbel der Seleção kapitulieren.

Deutschland 1972

Sepp Maier
Horst-Dieter Höttges
Paul Breitner
Franz Beckenbauer
Georg Schwarzenbeck
Herbert Wimmer
Uli Hoeneß
Günter Netzer
Jupp Heynckes
Gerd Müller
Erwin Kremers

Von »Traumfußball aus dem Jahr 2000« schrieb die französische Sportzeitung L'Équipe nach dem gewonnenen EM-Finale 1972 gegen die Sowjetunion. Nie hatte man eine deutsche Mannschaft, der man allzu oft phantasielosen Kraftfußball vorwarf, von vergleichbarer Leichtigkeit und Eleganz gesehen.
Sicher war es eine glückliche Fügung, dass Bundestrainer Helmut Schön auf so viele Weltklasseleute sowie auf bereits eingespielte Blöcke aus München (sechs Spieler) und Mönchengladbach (drei Spieler) zurückgreifen konnte. Außerdem war er klug genug, seine beiden Kreativspieler mit allen Freiheiten auszustatten. »Macht, was ihr wollt, ich habe nichts dagegen«, sagte er vor dem Turnier zu Netzer und Beckenbauer. Und die beiden dankten es ihm mit ihrem perfekt abgestimmten Zusammenspiel. Wenn einer nach vorne stürmte, sicherte der andere nach hinten ab. Mit Heynckes und Kremers besaß man eine äußerst wirkungsvolle Flügelzange, und in der Mitte lauerte der »Bomber der Nation«, der nach wie vor Tore wie am Fließband produzierte. So passte zu dieser Zeit einfach alles zusammen, und die Deutschen durften stolz darauf sein, einem ebenso attraktiven wie effektiven Offensivfußball zum Erfolg verholfen zu haben.

DEUTSCHER FUSSBALL BUND

Niederlande 1974

Jan Jongbloed
Wim Suurbier
Wim Rijsbergen
Arie Haan
Ruud Krol
Wim Jansen
Johan Neeskens
Wim van Hanegem
Jonny Rep
Johan Cruyff
Rob Rensenbrink

Der niederländische Trainer Rinus Michels führte Ende der 60er-Jahre bei Ajax Amsterdam ein revolutionäres Spielsystem ein, das in seiner Heimat »Totaal Voetbal« genannt wurde. Als er 1974 die niederländische Nationalmannschaft übernahm, ließ er sie sogleich das Ajax-System einstudieren: Jeder Spieler konnte während des Spiels jede Position einnehmen. Verteidiger schalteten sich ins Angriffsspiel ein und Stürmer halfen in der Verteidigung aus. Entscheidend war, dass jede entstehende Lücke sofort geschlossen wurde.
Dirigiert wurde das Ganze vom genialen Spielmacher Johan Cruyff, der penibel darauf achtete, dass stets alles im Fluss und jede Position besetzt blieb. Mit diesem ständigen Rochieren, dem blinden Spielverständnis untereinander und dem ebenfalls neuartigen Pressing begeisterten die Niederländer während der WM '74 das erstaunte Publikum und entwickelten sich im Laufe des Turniers zum Topfavoriten auf den Titel.
In Erinnerung geblieben ist die mit brillanten Einzelspielern wie Neeskens, Rep und Krol besetzte »Elftal« als eine der besten und innovativsten Mannschaften aller Zeiten.

Frankreich 1998

Fabien Barthez
Lilian Thuram
Marcel Desailly
Frank Lebœuf
Bixente Lizarazu
Christian Karembeu
Didier Deschamps
Emmanuel Petit
Zinédine Zidane
Youri Djorkaeff
Stéphane Guivarc'h

Was waren die Franzosen stolz auf diese Mannschaft, und das nicht nur aus sportlichen Gründen. Es war ein bunt zusammengewürfeltes Team von Migrantenkindern, das den amtierenden Weltmeister Brasilien im WM-Finale 1998 mit Eleganz und Leichtigkeit an die Wand spielte. Viele Kicker der Equipe Tricolore hatten afrikanische oder karibische Wurzeln, und ihr unumstrittener Star war Zinédine Zidane, Sohn algerischer Einwanderer und damit das Sinnbild einer gelungenen Integrationspolitik.

Im Finale erzielte »Zizou« zwei Kopfballtore und schien die ganze Mannschaft mit seiner virtuosen Ballbehandlung und seiner beseelten Art zu spielen infiziert zu haben. So steigerten sich die Franzosen in einen wahren Spielrausch und stürzten die Grande Nation zwei Tage vor dem Nationalfeiertag in einen kollektiven Freudentaumel. Doch sollte dieser Triumph keine Eintagsfliege bleiben. Mit dem EM-Sieg im Jahr 2000 bestätigte die überaus homogene und spielfreudige Mannschaft ihre damalige Ausnahmestellung.

Alfredo Di Stefano von Real Madrid

FC Barcelona

Vereinsmannschaften

Die besten Mannschaften

Champions-League-Pokal

Gerd Müller, Bayern München

Ruud Gullit beim AC Mailand

Real Madrid 1955–1960

Die Verpflichtung des Argentiniers Alfredo Di Stéfano im Jahr 1953 gilt als Beginn der erfolgreichsten Epoche in der Geschichte des Klubs. Gleich in seiner ersten Saison führte er Real zum ersten Meistertitel seit 21 Jahren.
Für die nächste Spielzeit konnten der Argentinier Héctor Rial sowie der spätere Kapitän Francisco Gento unter Vertrag genommen werden. 1956 kamen der Franzose Raymond Kopa sowie zwei Jahre später der ungarische Weltstar Ferenc Puskás hinzu. Sie bildeten das Gerüst der Mannschaft, die den neu gegründeten Europapokal der Landesmeister ab der Saison 1955/56 gleich fünf Mal in Folge gewinnen konnte, was bis heute Rekord ist.
Wegen ihrer blütenweißen Trikots und der spielerischen Leichtigkeit, mit der die Mannschaft durch die gegnerischen Abwehrreihen tanzte, wurde sie in ganz Europa als »weißes Ballett« bewundert. Den Höhepunkt der beeindruckenden europäischen Siegesserie bildete das Europacup-Finale 1960, in dem Di Stéfano drei und Puskás vier Tore zum 7:3-Sieg gegen Eintracht Frankfurt erzielten.

FC Bayern München 1974–1976

Finale im Europapokal der Landesmeister zwischen Bayern München und Atlético Madrid am 17. Mai 1974: Als Georg »Katsche« Schwarzenbeck in der 119. Minute durch einen Verzweiflungsschuss der 1:1-Ausgleich gelang, konnte niemand ahnen, dass er damit den Grundstein zu einer historischen Serie gelegt hatte. Drei Mal in Folge gewannen die Bayern daraufhin den Landesmeisterwettbewerb – 1976 zudem den Weltpokal –, was außer ihnen nur Real Madrid und Ajax Amsterdam gelungen ist. Im Rückspiel gegen Atlético waren die Bayern anno 1974 nicht zu bremsen und fegten die Spanier durch zwei Hoeneß- und zwei Müllertore mit 4:0 vom Platz. Das Grundgerüst der damaligen Erfolgsmannschaft hatte auch die Nationalelf 1972 und 1974 zum Europa- und Weltmeistertitel geführt. In beiden Endspielteams standen mit Sepp Maier, Paul Breitner, Franz Beckenbauer, Georg Schwarzenbeck, Uli Hoeneß und Gerd Müller je sechs Bayernspieler. Nach dem Gewinn des Weltpokals brach die erfolgsverwöhnte Mannschaft auseinander. Franz Beckenbauer wechselte nach New York, nachdem sich Paul Breitner zuvor schon nach Madrid aufgemacht hatte. Die erfolgreichste Ära, die je eine deutsche Vereinsmannschaft erlebte, war beendet.

AC Mailand 1989–1995

Am Ende der 80er- und zu Beginn der 90er-Jahre dominierte der AC Mailand mit spektakulärem Angriffsfußball und einem perfekt gespielten Pressing die europäische Bühne, wie es zuvor nur Real Madrid in den späten 50ern gelungen war.
Im Jahr 1987 hatte Milan-Präsident Silvio Berlusconi Arrigo Sacchi verpflichtet, der ein in Italien ungewöhnliches Offensivkonzept vertrat, zu dessen Umsetzung zunächst zwei Stars aus den Niederlanden verpflichtet wurden: Marco van Basten und Ruud Gullit. Ein Jahr darauf stieß mit Frank Rijkaard ein dritter Holländer hinzu. Gemeinsam mit dem Abwehrorganisator Franco Baresi und dem offensiven Außenverteidiger Paolo Maldini sorgte vor allem dieses Trio dafür, dass den »Rossoneri« auf Jahre niemand das Wasser reichen konnte.
Arrigo Sacchi wurde als modernster Trainer Italiens gefeiert, 1991 jedoch durch Fabio Capello ersetzt, nachdem der AC Milan drei Mal nacheinander die italienische Meisterschaft verpasst hatte. Zwischen 1989 und 1995 stand die Mannschaft fünf Mal im Finale der Champions League und konnte es drei Mal (1989, 1990, 1994) für sich entscheiden. Zudem gewann sie je drei Mal den Scudetto und zwei Mal den Weltpokal.

FC Barcelona heute

»Mehr als nur ein Verein.« Das ist das Motto des FC Barcelona, der in seiner stolzen Geschichte wahrlich schon große Erfolge feiern konnte. Doch im Mai 2009 stellte das aktuelle Starensemble alle seine Vorgänger in den Schatten, indem es seinem Trainernovizen Josip Guardiola sogleich das Triple aus Meisterschaft, Pokal und Champions League bescherte.
Was diesen Triumph noch bemerkenswerter macht, ist die Tatsache, dass es wohl keinen anderen europäischen Großklub gibt, der seit 20 Jahren dieselbe Spielweise kultiviert. Es ist dieses atemberaubend schnelle und präzise Kurzpassspiel, das Johan Cruyff seiner Mannschaft schon 1988 einimpfte und das in Barcas berühmter Jugendabteilung bis zum Exzess trainiert wird.
Auf diese Weise ist es gelungen, eigene Stars zu entwickeln wie Iniesta, Xavi und Messi, die seit ihrer Kindheit die Barca-Fußballschule in Köpfen und Beinen haben. Nahezu die Hälfte des heutigen Kaders stammt aus dem eigenen Nachwuchs.
Dass man auch auf andere Weise Erfolg haben kann, nämlich mit dem großen Portemonnaie, zeigt die Transferpolitik des Erzrivalen aus Madrid. Schon in den 50er-Jahren wie auch zu Beginn des 21. Jahrhunderts hatte Real sich mit einer zusammengekauften Interessengemeinschaft von Superstars an die europäische Spitze katapultiert. Doch den katalanischen Kurzpassvirtuosen ist noch immer die richtige Antwort eingefallen.

Länderspiele

Die besten Spiele

WM 1982, Italien – Brasilien 3:2

WM 1986, Maradona und die »Hand Gottes«

WM 1954, Finale

Fabio Cannavaro (Italien, links) und Lilian Thuram (Frankreich) haben Spaß beim Trikotttausch

WM-Finale 1954

Die damalige Wundermannschaft aus Ungarn, die amtierender Olympiasieger und seit 28 Spielen ungeschlagen war, ging als haushoher Favorit in dieses Finale. Mit ihren Stars wie Bozsik, Kocsis, Hidegkuti und Puskás spielte sie damals Fußball wie von einem anderen Stern und hatte das deutsche Team schon in der Vorrunde mit 8:3 vom Platz gefegt. Doch es war ein einkalkuliertes Debakel gewesen, weil Bundestrainer Sepp Herberger nur eine B-Elf aufs Feld geschickt hatte.

Im Finale, das bei strömendem Regen stattfand, ließ sich die deutsche Elf um ihren überragenden Kapitän Fritz Walter auch von einem frühzeitigen 0:2-Rückstand nicht entmutigen. Sicher profitierte sie davon, dass der ungarische Regisseur

Deutschland – Ungarn 3:2

Ferenc Puskás, der sich im Vorrundenspiel gegen Deutschland verletzt hatte, noch nicht wieder im Vollbesitz seiner Kräfte war. Den entscheidenden Treffer markierte in der 84. Minute der »Boss« Helmut Rahn, der durch eine Körpertäuschung zwei Gegner aussteigen ließ und aus 14 Metern flach ins linke Eck traf. Als Siegprämie erhielten die frischgebackenen Weltmeister je einen Motorroller, ein Fernsehgerät, eine Polstergarnitur und 1000 D-Mark.

Neun Jahre nach Kriegsende, in einer entbehrungsreichen Zeit, löste das »Wunder von Bern« in der deutschen Bevölkerung einen Sturm der Begeisterung und Euphorie aus. Deshalb wird es gelegentlich als »eigentliche Geburtsstunde der Bundesrepublik Deutschland« bezeichnet.

WM-Halbfinale 1970

Deutschland – Italien 3:4

Im 2000 Meter hoch gelegenen Aztekenstadion von Mexiko-City herrschte eine Gluthitze. Obwohl beide Mannschaften vor 102 000 Zuschauern verhalten begannen, gingen die Italiener bereits nach acht Minuten durch Riva in Führung. Diesem Rückstand liefen die Deutschen bis zur 90. Minute hinterher und vergaben eine Reihe hochkarätiger Chancen, ehe Karl-Heinz Schnellinger in buchstäblich letzter Sekunde der Ausgleich gelang.

Es folgte eine der dramatischsten Verlängerungen der Fußballgeschichte. Zunächst erzielte Gerd Müller in der 94. Minute auf unnachahmliche Weise die 2:1-Führung, als er eine zu kurz geratene Rückgabe von Poletti am italienischen Keeper vorbei ins Tor spitzelte. Doch noch vor dem Seitenwechsel drehten Burgnich und Riva mit seinem 22. Treffer im 21. Länderspiel den Spieß erneut um. Der extremen Hitze zum Trotz lieferten sich beiden Mannschaften nun einen mitreißenden Schlagabtausch. Franz Beckenbauer, der sich bereits in der 67. Minute die Schulter ausgekugelt hatte, biss die Zähne zusammen und trieb seine Mannschaft mit dem Arm in der Schlinge immer wieder nach vorne. Nach einer Kopfballvorlage von Uwe Seeler besorgte Gerd Müller in der 110. Minute mit seinem zehnten WM-Tor den 3:3-Ausgleich. Rivera, der Stürmer des AC Mailand, machte mit seinem 4:3 schließlich alle deutschen Hoffnungen auf die dritte Finalteilnahme nach 1954 und 1966 zunichte.

Noch heute erinnert eine Gedenktafel am Aztekenstadion an diese als »Jahrhundertspiel« gefeierte Hitzeschlacht von Mexiko.

WM-Zwischenrunde 1982

Die Seleção hatte das Turnier bisher nach Belieben beherrscht. Vor allem die brillanten Mittelfeldstrategen Zico, Sócrates, Falcão und Cerezo hatten das Publikum mit ihrem eleganten Fußball regelrecht verzaubert, und so waren sich alle einig, dass hier die beste brasilianische Mannschaft seit zwölf Jahren ihrem dritten Titel entgegenstrebte.
Die Italiener hingegen hatten sich nur aufgrund der besseren Tordifferenz vor Kamerun in die Zwischenrunde gerettet. Zudem stand Trainer Enzo Bearzot in der Kritik, Paolo Rossi für den Sturm nominiert zu haben, der wegen eines Manipulationsskandals zwei Jahre lang kein einziges Spiel bestritten hatte.
Als ausgerechnet Rossi nach fünf Minuten zum 1:0 für Italien einköpfte, schien das die Seleção nicht im Mindesten zu beunruhigen. Sieben Minuten später hatte Sócrates lässig für den Ausgleich gesorgt, die Brasilianer schnürten ihren Gegner in dessen Hälfte ein und standen kurz vor dem 2:1. Doch dann unterlief Cerezo ein verhängnisvoller Fehler, und wieder war es Rossi, der die Italiener in Front brachte.
Nachdem Falcão in der zweiten Hälfte abermals der Ausgleich gelungen war, stürmte die Seleção weiter nach vorne, obwohl ihnen ein Unentschieden zum Weiterkommen gereicht hätte. Und so kam es, wie es kommen musste: Rossi erzielte mit einem Konter sein drittes Tor und kegelte die brillanten Brasilianer aus dem Wettbewerb. Weltmeister wurde Italien und Rossi bester Torschütze des Turniers.

Italien – Brasilien 3:2

WM-Viertelfinale 1986

Auch dieses Spiel fand im Aztekenstadion statt, und wie im Halbfinale von 1970 herrschte eine Gluthitze, was den Argentiniern sicher entgegenkam. Ihr größter Trumpf hieß allerdings Diego Armando Maradona, zu dieser Zeit fraglos der beste Spieler der Welt. Dass er sich in diesem Match auch als dreistester Spieler der Welt entpuppte, schmälert seinen Ruhm nicht.
Es gibt wohl kein anderes Match der Fußballgeschichte, in dem ein Spieler gleich zwei der spektakulärsten Tore aller Zeiten erzielte. Maradona benötigte dazu vier Minuten. In der 51. Minute produzierte Steve Hodge eine Bogenlampe in Richtung des eigenen Keepers. Doch als dieser den Ball aus der Luft pflücken wollte, stieg Maradona vor ihm in die Höhe und boxte den Ball über die Torlinie. Der tunesische Schiedsrichter gab den vermeintlichen Kopfballtreffer. Später erklärte der argentinische Superstar, die »Hand Gottes« habe das Spiel entschieden.
Nur vier Minuten später setzte er in der eigenen Hälfte zu einem unwiderstehlichen Solo an, ließ durch geschickte Körpertäuschungen sechs Engländer ins Leere laufen, umkurvte den englischen Torhüter und schob den Ball ins Tor. Die FIFA wählte diesen Treffer später zum »Tor des Jahrhunderts«.
Am Ende siegten die Argentinier mit 2:1 und kamen ihrem zweiten Weltmeistertitel nach 1978 einen Schritt näher.

Argentinien – England 2:1

1971, Borussia Mönchengladbach – Inter Mailand

1993, Karlsruher SC – FC Valencia

Europapokal

Die besten Spiele

1999, FC Bayern München – Manchester United

2005, AC Mailand – FC Liverpool

Europapokal der Landesmeister Achtelfinale 1971/72

Die Weltstars von Inter Mailand ahnen nicht, was sie erwartet, als sie am 20. Oktober 1971 zum Achtelfinal-Hinspiel im Europapokal der Landesmeister nach Mönchengladbach reisen. Schließlich haben sie den Wettbewerb schon zwei Mal für sich entschieden und den Weltpokal gleich dazu geholt. Mit Boninsegna, Burgnich, Facchetti und Mazzola befinden sich vier Spieler der WM-Mannschaft von 1970 in ihren Reihen.

Doch an diesem Abend werden sie von einer entfesselten Borussia unter der Regie von Günter Netzer einfach überrollt. Da kommt es ihnen gelegen, dass Boninsegna in der 30. Minute beim Spielstand von 2:1 von einer leeren Coladose am Kopf getroffen wird. Der Interstar sinkt zu Boden, bleibt minutenlang liegen und lässt sich vom Platz tragen. Was nichts daran ändert, dass die Borussia noch fünf Treffer erzielt. »Keine Mannschaft der Welt hätte hier eine Chance gehabt«, sagt hinterher Matt Busby, der legendäre Manchester-United-Trainer, der sich als UEFA-Beobachter auf der Tribüne befindet.

Doch Inter legt Protest ein und erreicht eine Annullierung der 1:7-Klatsche. Das Rückspiel gewinnen die Italiener mit 4:2. Das Wiederholungsspiel auf neutralen Boden endet 0:0. Die Borussia ist draußen. Das 7:1, der größte Triumph ihrer Vereinsgeschichte, verschwindet aus den Statistiken. Als hätte es ihn nie gegeben.

Borussia Mönchengladbach – Inter Mailand 7:1

UEFA-Cup, 2. Runde 1993/94

Karlsruher SC – FC Valencia 7:0

Mit 1:3 hatte der KSC das Hinspiel in Valencia verloren. Die Chancen, das Blatt gegen den Tabellenführer der Primera División noch zu wenden, sind minimal.
Trainer Winfried Schäfer ist überdies für das Spiel gesperrt und muss auf der Tribüne Platz nehmen. Als er sich vor dem Anpfiff unerlaubt in der KSC-Kabine aufhält und ein UEFA-Beobachter im Anmarsch ist, zieht er sich rasch eine Winterjacke über den Kopf.
Als das Spiel beginnt, kommen die Gäste zunächst besser in Schwung, scheitern aber mehrfach am KSC-Keeper Oliver Kahn. Nachdem Mittelstürmer Edgar Schmitt bis zur 34. Minute für das 2:0 sorgt, liegt eine Sensation in der Luft. Doch erst nach der Pause spielen sich die Karlsruher, frenetisch angefeuert von den eigenen Fans, in einen wahren Spielrausch, und der spanische Meister fällt auseinander. 7:0 steht es am Ende, Edgar Schmitt hat vier Treffer erzielt und seitdem den Spitznamen »Euro-Eddy« weg.

Champions-League-Finale 1999

FC Bayern München – Manchester United 1:2

Die Spielzeit war abgelaufen in diesem Finale. Bayern führte seit der sechsten Minute durch einen Freistoß von Mario Basler mit 1:0 und war über 90 Minuten hinweg die bessere Mannschaft gewesen. Mehmet Scholl und Carsten Jancker hatten in der zweiten Halbzeit Pfosten und Latte getroffen und die Engländer einfach kein Mittel gegen die dicht gestaffelte Hintermannschaft der Bayern gefunden.
Abseits des Spielfelds rüsten sich die Münchner schon zur großen Party, tragen Kartons mit T-Shirts und Baseballcaps heran, auf denen »Champions-League-Sieger 1999« steht.
Es laufen die letzten Sekunden. Effenberg klärt unbedrängt zur Ecke. Was dann folgt, beschert ManU den wohl schönsten Triumph und Bayern die bitterste Niederlage ihrer Vereinsgeschichte. Zwei Mal tritt Beckham die Ecke, zwei Mal landet der Ball im Tor, und beide Male sind es Einwechselspieler in Gestalt von Teddy Sheringham und Ole Gunnar Solskjær, die den Spielverlauf innerhalb von 100 Sekunden auf den Kopf stellen. Danach ist Schluss. Die Bayern sinken fassungslos auf den Rasen, während die Engländer ihr spätes Glück kaum fassen können.

Champions-League-Finale 2005

Es war eine Überraschung, dass der FC Liverpool sich überhaupt bis ins Endspiel vorgekämpft hatte. Als Tabellenvierter der Premier League war er gerade noch für die ungeliebte Qualifikationsrunde der Königsklasse qualifiziert gewesen.

So galt dann auch der italienische Rekordmeister vor diesem Finale als klarer Favorit. Allerdings hatte niemand damit gerechnet, dass die Sache so einseitig aussehen würde. In den ersten 45 Minuten hatte Milan die »Reds« aus Liverpool regelrecht vorgeführt und lag zur Halbzeit mit 3:0 in Front.

Doch die Engländer kamen wie verwandelt aus der Kabine, und ehe Maldini, Pirlo und all die anderen »Rossoneri« wussten, wie ihnen geschah, stand es 3:3. Gerrard, Smicer und Alonso hatten in der 54., 56. und 60. Minute für den Ausgleich gesorgt. Danach geschah nichts Nennenswertes mehr, inklusive Verlängerung.

Es folgte die Lotterie des Elfmeterschießens, doch nach diesem Spielverlauf war der Ausgang vorgezeichnet. Serginho, Pirlo und Schewtschenko versagten die Nerven. Für den FC Liverpool hatte die spektakulärste Aufholjagd in einem europäischen Finale ein glückliches Ende gefunden. Paolo Maldini bezeichnete diese Niederlage im Rückblick als die absurdeste seiner gesamten Karriere.

AC Mailand – FC Liverpool 5:6

Bildnachweis

Coverbilder:

Picture Alliance Frankfurt: Ronaldo (augenklick/firo Sportphoto), Chapuisat, Beckenbauer, Messi (dpa - Report), Ballack (Pressefoto Ulmer/L. Coch), Krankl (dpa - Sportreport), Beckham (dpa/epa Armando Babani), Kahn (Pressefoto Ulmer/Bjoern Hake), Pele (Asa/dpa/Empics Peter Robinson), Zidane (Asa/dpa/Flashpress Dppi Jean Marie)

Innenteilbilder:

BPK: 42 o. (Bayerische Staatsbibliothek / Archiv Heinrich Hoffmann), 42 u. (Hanns Hubmann); Corbis: 43 o. (Bettmann); Gettyimages: 133 re. (AFP/TORU YAMANAKA), 134 o. (Hulton Archive/Keystone), 134 u. (Popperfoto), 152 o. li., 153 o. (Bongarts); Imago: 36 u., 131 u. li. (Team 2), 40 u. (Claus Bergmann), 41 o. re., 77 li., 89 u., 99 o. li., 106 o., 106 u., 107 u., 114 o., 115, 117 o. li., 121 u. li., 149 re., 154 o. re., 156, 157 o., 157 m. (Ulmer), 55, 104 (HJS), 57 o., 82 re., 83, 100, 105, 117 o. re., 136 o., 136 u., 147 u. re. (Buzzi), 71, 110 o. (GEPA Pictures), 76 o. (Action Pictures), 76 u. li., 113 li., 116, 137 (Cordon Press), 78/79, 80/81, 148/149, 152 o. re. (MIS), 78 o., 138/139 (HochZwei), 78 u. (Aleksandar Djorovic), 80 o., 121 o., 121 u. re., 132/133 (Alterphotos), 80 u., 117 u. (BPI), 81 o. (Avanti), 84 o., 85 u. (ND-Archiv), 84 u. (VI-Images), 85 o., 94, 95 o. li., 95 u., 110 u., 111 re., 112, 113 re., 130 u., 146 o., 154 o. li., 155 (PanoramiC), 86, 87, 89 m. li., 124 u., 129 o. re. (Kicker/Metelmann), 88 li., 88 re., 89 o., 89 m. re., 91 li., 91 o. re., 99 m., 101 o., 125 u., 126, 132 u., 133 li., 139 o., 142 o., 142 u. li., 142 u. re., 143 u., 144, 148 re., 149 li., 150, 153 u. (Sven Simon), 90 re. (Icon SMI), 91 u. re., 120 (Aflosport), 92 o., 92 u., 93 u., 95 o. re., 97 re., 101 u. re., 122/123, 123 m., 123 u., 127 o., 127 u. li., 129 o., 138, 143 o., 145 o. li., 145 o. re., 145 u., 146 u., 148 li. (Werek), 93 o., 97 li., 101 u. li., 135 u., 154 u. (Frinke), 96 u. (Thomas Zimmermann), 98, 151 u. re. (Werner Otto), 99 o. re., 99 u., 127 u. re., 128 u., 147 o. (Kicker/Liedel), 102, 108 (Magic), 107 o. (Pius Koller), 109 u. li. (Kolvenbach), 109 u. re., 111 li. (Miguelez Sports Foto), 114 u., 118 o., 118 u., 119 (Sportimage), 123 o., 130 o. (Oliver Behrendt), 124 o., 125 o., 133 m., 135 o., 147 u. li. (Colorsport), 128 o., 129 u. (Werner Schulze), 131 o., 131 u. re. (Norbert Schmidt), 132 o. (Real Madrid), 157 u. (Kay); Interfoto: 18/19, 19 o. re., 23 u. (LOOKback), 43 u. (Schinkel); Istockphoto: 2/3 (chris scredon); Picture Alliance: 6/7, 6 mi., 9 m., 19 u., 25 re., 26 o., 27 o., 27 u., 29 o., 30 o., 31, 32 li., 33 li., 33 re., 34 o., 37 o., 37 u., 40/41, 45 o., 46 o., 51 o. li., 51 u., 53 li., 53 re., 57 u., 60 u., 61 o. li., 61 u., 63 m. li., 63 u. li., 64 o., 65 o., 65 u. li., 67 o. re., 67 u., 69 re., 70 o., 72 u., 73 o., 73 u. re., 74 li., 75 o., 80 m., 90 li., 109 o., 140 o. (dpa-Report), 6 li., 15 (empics), 6 re., 9 o., 9 u. li., 9 u. re., 10, 11, 14, 16/17, 18 o., 18 u., 19 o. li., 21 u., 26 u., 29 u., 44 re., 47, 49 u., 51 o. re., 52 li., 52 u. re., 54 u., 56, 60 o., 103, 141 o., 141 u. re., 151 o., 152 u. (dpa-Sportreport), 8-9, 21 o., 25 li., 28, 30 u., 32 re., 34 u., 35 li., 35 re., 36 o., 38/39, 44 li., 48 u., 50, 54 o., 61 o. re., 62, 63 o. re., 63 u. re., 64 u., 65 u. re., 70 u., 73 u. li., 74 re., 75 u. (dpa), 12, 13 o., 13 u., 58, 59, 66 o., 68, 76 u. re., 77 re. (Pressefoto Ulmer), 20, 24, 40 o., 46 u., 49 o., 151 u. li. (Sven Simon), 38 (Günter Schiffmann), 40 o. li., 52 o. re., 82 li., 96 o. (dpa- Bildarchiv), 48 o., 141 u. li. (dpa-Fotoreport), 66 u., 69 li., 72 o. (augenklick), 67 o. li. (Defodi), 139 u., 140 u. (ASA); Ullstein Bild: 16 o. (Lubej), 18 m., 22 (Moenkebild), 23 o. (Schulze), 45 u. li. (AP), 45 u. re. (Hartung)

cbj ist der Kinder- und Jugendbuchverlag
in der Verlagsgruppe Random House

FSC
Mix
Produktgruppe aus vorbildlich bewirtschafteten Wäldern, kontrollierten Herkünften und Recyclingholz oder -fasern
Zert.-Nr. SGS-COC-004980
www.fsc.org
© 1996 Forest Stewardship Council

Verlagsgruppe Random House FSC-DEU-0100
Das FSC-zertifizierte Papier für dieses Buch
Zanto von Gohrsmühle liefert Papier Union.

Gesetzt nach den Regeln der Rechtschreibreform

Auflage 2010

Lektorat: Martina Kuscheck
Bildredaktion: Tanja Nerger, Random House, München;
KONTRASTE - Graphische Produktion, Sevilla

Umschlagkonzeption: Init.büro für Gestaltung, Bielefeld
Ku · Herstellung RF

Layout, Gestaltung und Satz:
KONTRASTE - Graphische Produktion, Sevilla
Druck und Bindung: Polygraf print, spol. s.r.c., Prešov

ISBN 978-3-570-13889-2
Printed in the Slovak Republic

www.cbj-verlag.de